U0694953

你，终是我握不住的流沙

赵大海 著

团结出版社

图书在版编目（CIP）数据

你，终是我握不住的流沙 / 赵大海著. -- 北京 : 团结出版社，2018.4（2024.1重印）

ISBN 978-7-5126-6287-2

Ⅰ. ①你… Ⅱ. ①赵… Ⅲ. ①长篇小说－中国－当代 Ⅳ. ①I247.5

中国版本图书馆CIP数据核字(2018)第082084号

出　　版　团结出版社
　　　　　（北京市东城区东皇城根南街84号　邮编：100006）
电　　话　（010）65228880　65244790
网　　址　http://www.tjpress.com
E-mail　65244790@163.com
经　　销　全国新华书店
印　　刷　成都新千年印制有限公司

开　　本　145mm×210mm　1/32
印　　张　8
字　　数　180千字
版　　次　2018年4月 第1版
印　　次　2024年1月 第3次印刷

书　　号　978-7-5126-6287-2
定　　价　39.80元

青春时代的非理性和焦躁，最终收获的往往是一场空，手心里握住的，不过是一把流沙——

谨以此篇，献给我的大学！

（本故事纯属虚构，请勿对号入座。如有雷同，纯属巧合！）

目录

CONTENTS

引子 YINZI

校园门口正对着的是一个圆形大花坛，清香阵阵，一阵风来，有扫帚梅和丁香在你推我搡。蝴蝶、蜜蜂在花朵间贪婪地吮吸，阅读，扭动着胖身子，这些书呆子，不知今夕何年。

今天是休息日，只有零星的几个人，夹着书本在校园里急匆匆走过。

十点多钟，校门外，左侧，买雪糕的摊位旁边，一个男生一直在向门口张望。只见他一副高度近视镜，一脸的青春美丽疙瘩豆。

他走来走去，不时地握拳，笑那么一下。

十点四十分二十五秒，一位女生，逶迤而来。

她挎着一个大红的概念包，昂着脖，歪着头，犹如河池里骄傲的天鹅，一脸阳光。头发黑亮柔顺，自香肩上倾泻而下。

男生立刻迎了上去。

“你好！今天很迷人呢！”男生说道。

“谢谢！”这位女生一低头，脸颊唰地涌出一朵红晕，脚尖搓地，一副淑女模样。

男生很绅士地侧身向前示意了一下，两人便边说边沿着街边开始漫步。走了大约十多步，两人无语。

“对了，你叫丁广森吧！”女孩子扭头微笑着问。

这女子，那双眼睛不算大，属于林忆莲那种咪咪有情眼系列的，很迷人。左手使劲拽着挎在右肩的挎包带子。

“喔！你说那个新上来的中文系宣传部长丁广森？”男孩停下脚步，抬头说道。

“怎么？你不是丁广森？”这女孩子突然歪头盯住他。

“我叫肖洋，是学校卫生部部长。历史系的！”这个男生向着女孩儿微笑着解释道。

“什么？你真的不是丁广森？”女孩急切地问道。

“我必须郑重地向你重申一遍，大丈夫坐不更名，行不改姓，我就是堂堂正正的校卫生部部长肖洋！”肖洋脖子一挺，高声说道。

不过，等他伸出食指把眼镜顶正，那个长发披肩的女生，已经转身疾步走了。只留给肖洋一个越来越远的背影。

肖洋一下子尴尬地冻结在那里，继而咬牙切齿，举起拳头一挥：嗨，奶奶的！

第一章

初遇校花

学校餐厅门前，立着一排公告栏，贴满花花绿绿的招聘信息、电影信息等等。其中一个公告栏前挤满了人。两个套着大筒子宽松裙，上面手绘着大美女头像的女孩子站在最前面，一位个子稍矮一点的女生说："你看咱班的班头被选为系宣传部长了。"另外一个高瘦的女生说："预料当中嘛！我说呀，将来的校学生会宣传部长也非他莫属。""你怎么这么看重他？是不是对他有那个意思啊？"矮个子女生回头瞥了一眼，笑嘻嘻地说。高个子女生叹息一声："他哪怕是对我笑笑，我此生足矣！只可惜轮不到咱们啊！那么风流倜傥的人物，能点赞咱这种黄毛丫头，做梦吧！"

原来海报上公布着新一轮学生会组成名单，那个中文系宣传部长的名字叫作：丁广森。

在这两位女孩身边还有一个女孩，对着那个公告栏里面的

“丁广森”几个字看了许久。玻璃上的阳光有些晃眼，这女孩伸手遮住额际。她长发披肩，个头高挑，气质很好。她扭头看了看刚才开玩笑的两位女生问道：“打扰两位美女，这个‘丁广森’是不是瘦高个，戴副眼镜，脸上有痘痘的？”

“对呀，您描述得还蛮形象！咱们学校有几个没听过他的大名的？”高个子女孩眼睛瞪得老大说道。

“呵呵！”长发女孩笑道：“那倒是！”

“嗨！咱们该去喂脑袋啦！”两个女孩子说完，咣当一声，使劲用勺子敲了敲手里拿的饭缸子，转身进了香气飘飘，熙熙攘攘的食堂。

正赶上中午开饭时间，一拨拨的人群路过，围过来，对着海报上的名单指指点点，随后便散开了。

早 8：00，利用早自习时间，校学生会组成的一个卫生检查小组，带着红胳膊匝，正在从三楼开始一个班级一个班级地检查卫生。

由于 9 月份刚开学不久，学校对卫生、纪律抓得特严。今天负责三楼的组长就是肖洋，他的左胳膊上别着一个值日组长的牌子，身后跟着四位学生会成员。

门牌：305 班，英语系。

他首先敲门，推门进去。全班同学立刻都坐好，挺胸抬头，大气都不敢喘，仿佛日本鬼子进村。检查组成员走进教室，一个个一脸严肃，左手拿本子，右手拿笔，随时准备记录扣分的样子。

有的看地上卫生，有的看是否有衣冠不整和没戴校徽的，有的伸手摸一下黑板的边缘，看黑板擦得是否干净。还好，没出什么情况。转了一圈，肖洋最后一个走出，顺手向门框上一抹，坏了，手指上全是灰！不用说，扣分！

看着这群“凶神恶煞”走出教室，班级里一阵唏嘘，这时候班级里一位坐在最后面的女同学站起来，清脆地喊了一声：都安静！随后疾步追了出来。

原来就是昨天中午那个在海报前长发披肩的女生。

只见她快走几步，撵上了这位值日组长肖洋，叫了声：“领导停一下！今天是初犯，放过一马吧？改天请你吃饭。”说完冲着转过身来的肖洋一笑。

肖洋扶了扶眼镜，看到这位女生，只见她长发披肩、一身白衣、正歪头看着他，尤其那对眯眯微笑的眼睛，射出一种暧昧的光芒。

肖洋险些晕倒！连忙说：“好的好的，我考虑一下！”说完转身快步撵上了前面的几个组员。

这女生转身回到班级，咣当把门关上，面色绯红地冲班级里大喊了一声：“今天谁值日？”

前排一个小男生慢腾腾站了起来，头都快垂到桌膛里了，嗫嚅着说：“班长，是我！”

“罚你们组再连值一星期！”这个班长说完环视了一下全班，全班同学的脖子都向里缩了缩，仿佛一下子都矮了一截。

第二天，依然是那个瘦高个的组长，依然第一个进屋，他第一眼先扫向了那个班长女孩，那个女孩子也把目光对接过来，两人微微点头。

检查合格！

第三天，依然！

第四天，依然！

第五天，照旧！当肖洋走出班级，那个女班长就跟出来，塞给他一个纸条，说星期天早上在门口见面。

然而，当星期天早晨，这位女班长兴奋地以为约见的这个人就是梦想的那个森子时，却不曾想是生活部长肖洋。于是她大失所望，愤而甩身离去，把肖洋放了鸽子——于是就出现了本故事开头那一幕。

晚上，中文系一班教室，荧光灯雪亮，在棚顶上发出细微的吱吱声，仿佛是在散发一种能量，给下面的莘莘学子。

大家都在上晚自习。这时在最后一桌有两个女生一直趴在桌子上窃窃私语，口中还在吃着东西。其中一个就是屡次出现的那个长发披肩，英语系 305 班的班长。另外一个女孩子，个头不高，长得白胖，一双眼睛很大很精神。

两人在课桌下拉着手，样子很亲昵。

桌子中间一张面巾纸上放着些果脯。

"唉，姐姐，你拿几粒给你哥哥吧！"长发披肩女孩子俯在桌子上，歪着头对着白胖的女孩说道。"好吧，你帮我递过去。"边说边抓了几粒果脯，用面巾纸包了起来。长发女孩拿起来，在手里攥了攥，歪头向右前方看了看。

右前方从后面看坐着一个男孩子，分头，戴副眼镜。趴在桌子上在认真地写着什么。长发女孩悄悄猫着腰，踮着脚步走到他身后，伸手把那个纸包放在了他的桌子上，急忙缩手，退了回去。

刚一坐定，那个男孩便回头，向她们扫了一眼，有意冲那个白胖的女孩子点了一下头。嘴角带着淡淡微笑，随即便转回了头。

“唉？小丽，他是不是很狂啊？不点我！”长发女孩的脸依然又趴俯在桌面上，歪头问那个白胖的女孩。

“那谁知道了，反正大哥对我一向很随和的。没准是因为他不认识你，才不点你。像你这么漂亮、优秀的女孩子，有几个男孩子不点你呀？”

“不过，我觉得他身上有种特别的东西，跟一般的男孩子不太一样。”

“那当然了，俺哥哥就是很独特，要不然能有那么多女孩子追他吗？你没听说，前些天历史系的一个女孩子为了他都好悬没跳楼呢！”

“那后来到底跳没跳？还是你哥哥心一软就答应了？”

“我哥对那个女孩子说，跳了也没用！爱情不是吓出来的？也不是祈求来的！你跳了，也是白跳，反而让我瞧不起。”

“那之后呢？”

“嘿嘿，那女孩原来也是想吓唬一下俺哥哥，没想到俺哥哥没上当，她自然就老实啦！后来听说转学了。”

“嗯，就是，这样多没面子呀！要是我，早活不下去了。”

“嘿嘿，你也想为俺哥跳楼呀！”

“我？哼哼——”长发女孩开始挠白胖女孩胳肢窝。两个人安静了一会儿之后，长发女孩问道：“你哥哥真的这么有魅力？难怪一入校便听说了他的大名！”

“就是啊！学习好，校报主编，系宣传部长、著名校园诗人，全国十大文学少年之一，口才又好，气质又好，人品又好，又能歌善舞，你说这样的男孩子能不吸引人吗？”

“怎么好东西都让他给占了？”

“俺大哥就是俺大哥，嘿嘿！”

“叫得这么肉麻，该不是你喜欢上他了吧？”

“我也说不清楚，反正愿意跟他在一起，他经常领我出去玩。”

“真令人羡慕啊！哪次也带着我吧。不管怎么说我们是一个宿舍的好姐妹嘛！”

“那我看看吧！”

“对了，他现在真的没对象？我不信。”

“真没有，俺大哥向来对自己管理很严格，他说他现在最主要的任务是学习。”

“佩服！这个丁广森果然是个人物，没想到竟然是你大哥！幸亏我们英语系和你们中文系宿舍合并，我认识了你，要不然，还没机会接触这个大人物呢！”

两个姐妹一边努着嘴啃着果脯，一边在那里嘀咕着。

“我想逗逗他。”长发女孩突然说。

“杰子，你是不是想打俺大哥的主意？告诉你，我还没舍得动呢！”白胖女孩有些嗔怪地看了看这个叫做杰子的女孩说。

“唉！闹闹嘛！”说完杰子从本子上撕下一小块纸，写了几个字。

这个白胖的女孩马上抢过来一看，上面写着：你好，听说你是系宣传部长，请问明天是你值周检查嘛？落款是：英语系　305 班　杰子。

这个白胖的女孩子看不出什么内容就又将纸条推给了杰子。杰子坏笑着把这个纸条拃成纸团，猫着腰向前走了几步，从后面扔到了丁广森的桌面上。

丁广森没有回头，就知道有人会和他闹，把纸条抓起随手扔到了桌膛里，继续埋头写他的东西。

杰子一直在注意着森子的举动，当他看到森子把纸条随意地扔进了桌膛，一时间心里极端失落甚至懊恼。长这么大，还没有谁对她的纸条置之不理呢！这个丁广森果然与众不同！

杰子想起这个丁广森前几天曾经带领值日组到她们班级检查过，每次有学生会男生过来检查都会对杰子多看几眼，杰子对自己的形象气质很有信心。

其实从初中开始，她每次到照相馆照相，照相馆都会和她商量，留下她一张照片做样品悬挂起来或者镶在临街的大玻璃上。她的脸型、气质越来越像港星周慧敏，尤其那种抿嘴的微笑。

前一阵子一个照相馆老板还拿她的一张艺术照参加一个摄影展并且还获了大奖。刚入学没多久已经接到十多封情书了，自然被称为新一届校花。

她就连走道都是一副傲然的姿态，她在女生群里，就仿佛一只卓尔不群的天鹅。说她从来都不正眼看人有点夸张，但是她的确是个不俗的女孩子，内心也很自信。

杰子从初中开始，就是男生们追逐的对象，为此，她的母亲每次放学、上学都接送。弄得她都很尴尬。每逢放假，为了防止杰子出事，她的母亲都把她看得紧紧的，不让她出门。平时对于杰子的穿着，她妈妈也非常关注，不允许杰子穿过格的衣服，所谓过格的意思就是太薄、太露的。

对于母亲的这种爱，杰子早就讨厌了。因此她报考了东北的这所大学，她的目的就是离母亲稍微远一些。当然她也知道这是一种母爱，她还是感激母亲的，自从她六岁父亲和母亲离了婚，都是母亲一直含辛茹苦地在照顾她，母亲从一个小裁缝干起，现在开了一个像样的家具店也不容易。

也许是一种逆反心理，实际上杰子从初中开始，身边就不乏男孩子了，而且喜欢对男生发号施令，这些男生很多都因为爱他而甘愿听她的话。在初二的时候，因为和同班一位女生说她有点“骚”，传到了她的耳朵里，于是她命令三位男生对那个女生进行拦路警告，后来就再没有人敢惹她了。因此，杰子内心一直都如此高傲，认为男生都非常简单。杰子实际上很喜欢被男生簇拥的感觉。

不过今天她有些失败感。这个丁广森一直不点她，连看她都不看一眼。

“哼！你越这样我还真不服气呢，我就是要在你身上下下功夫，看哪天我非得让你拜倒在我的石榴裙下。”杰子心里想。

前些天，也就是在入学不久错把卫生部部长肖洋当作丁广森之后，杰子一直在打探丁广森。在学校里一提丁广森，简直令校女生们都激动不已。这进一步激发了杰子的兴趣。

还好，天赐良机，英语系和中文系女生宿舍合并，闲聊中才知道他竟然是同宿舍小丽的干大哥。于是杰子便开始跟着小丽来到她们班上晚自习。其实是“明修栈道，暗渡陈仓！”于是，她便在今晚开始行动了。

再抬起头来的时候，森子的位置已经空着了。是晚自习课间休息了，丁广森出去了，杰子的心感觉很空。“他去了哪里？是不是有女生约他？他一会儿还会回来吗？”杰子望着那个空空的位置出神。杰子自己也觉得奇怪，自己怎么还真把这个丁广森当回事啦！

“唉！哥们，咱们出去上厕所吧！”小丽伸出纤纤指戳了她胳膊一下。

杰子吓了一跳，马上调整，笑了下，“走！哥们！”起身和小丽挽着胳膊，向外扭着臀走了出去。她不知道，她这一婀娜，班级里好多男生都在后面用眼珠子跟着跑，咧着嘴吧，啧啧不已。

更有一个个头不高的戴着眼镜的家伙从这一晚开始，竟然开始每天写一封情书，但是又不敢给她，于是就一直攒着，直到后来把一大捆情书送给了杰子，把杰子吓了一跳。当然这是后话了。

第二节课森子没有回来，他的座位就空空的了。

杰子就很不解地问阿丽。

阿丽说森子一直就这么忙的，可能是学生会有什么急事了吧？这在杰子眼里森子变得更为神秘啦。

回到宿舍，洗漱完毕之后，杰子就钻进阿丽被窝，聊的都是有关森子的事情。从阿丽口中杰子知道了森子来自农村，家里条件不好，学费几乎都是靠自己做家教、打工解决。森子兼作了三份家教，又担任着班级和学校的一些重要职务，几乎没有休息日。森子是一个很积极上进的男孩子，他为人坦诚，做事沉稳，谈吐幽默，大家都很喜欢他。他无论是在班级还是在学生会都很有威望。

杰子从阿丽的言语里听得出阿丽对森子无限崇拜。

“唉？你们是不是又在聊那个森子呀？大点声，让咱们也过过耳瘾呗？”上铺的一个姐妹唰地一头长发从床上垂下来，头发里伸出白藕的手臂，把她们两个姐妹吓了一跳。哇！来个女鬼呀！她们俩赶紧用花被子捂住脑袋，在里面嗷嗷大叫。

这个宿舍的女生们，一提到森子都变得很兴奋。

这一夜，杰子第一次失眠。嘴角哈喇子都淌出来了，梦里呀，她变作了公主，在草地上美美地荡着秋千，而丁广森王子一般，手捧一大簇鲜红的玫瑰，身着燕尾服，一身黑色紧身裤，满脸阳光，一步步向她走来，跪拜在她身前的草地上，向她求婚，她故意把头扭过去。但是却芳心窃喜。丁广森徐徐站起，握住秋千两侧缠满绿叶的绳索，把花朵递上来，她嗅了嗅，这时候丁广森上前一步，抱起杰子，在草地上旋转——

杰子梦中笑了起来。

“哎！你做什么美梦呢？”阿丽一下子把同一床被窝的杰子捅醒了。

月光下，看不到杰子脸色的微红。“我梦见回家见到我妈了！”杰子说。

“我说你笑得那么开心呢！快睡吧！”阿丽转过身，打起了呼噜。

杰子睡不着了，这么多年，她第一次因为一个男生而睡不着了，她也感觉到很奇怪。这个丁广森是不是真的就是自己的白马王子呢？她趴在那里，手托着腮帮子，在回味着刚才梦里的情形——

第二天放学后，同学们都提着暖壶陆陆续续到水房打水。阿丽和杰子从水房里嘻嘻哈哈地出来了，每人手里都提着两个大暖壶。恰巧，森子从对面走过来。看样子是要去食堂吃饭。

森子是一个人在走，森子向来是独来独往的。

“哎！你叫他过来帮咱们拎水吧！你看咱们这大暖壶，让他来个英雄‘助’美！”杰子用胳膊肘子碰了一下阿丽，开始怂恿她。

“我不！他那么忙。”阿丽摇头。

“你要是不敢喊，我来”杰子说。看看森子走近了，抬头便喊，“哎！丁广森，你妹妹叫你帮帮忙。”

森子一下停住。阿丽似乎很不好意思，也呆站在了那里。“来，帮帮忙！”杰子边说边把手中的两个大暖壶塞给森子，森子忙伸出手尴尬地接住，脸唰地红了，怔怔地看着这个他不认识的女孩子。

杰子顺手又从阿丽手里抢过来一个，冲阿丽说：“咱俩一人一个，让这个大男人拿两个。”说完，拉起阿丽就往前走。

阿丽回头看了看森子。他怕森子生气。森子一下子明白过来，微笑了一下，抬腿跟了上去。

听见两人在前面说笑着，森子稍微摇了一下头，感觉这两个人都够调皮的。到了女生宿舍门口了，两个人没有停下，看得出是那个叫杰子的硬是拽着阿丽向前走，不让她回头。

门卫窗前，杰子冲里面一喊，“大姨，后面这个男生是帮我们提水壶的。”接着两个人就噔噔上楼了。森子乖乖地跟在后面。

森子还是第一次来女生宿舍，走廊里比男生宿舍干净多了，几乎没有垃圾。她们的房间是206，两人一推门就进去了，森子刚想跟进去，就见杰子突然转身堵在门口：“宣传部长大人，先稍等，里面有情况。”趁着说这句话，杰子歪着头审视着森子，两人也是第一次这样短距离目光交接。杰子眼中，森子面色清秀，气质高雅，一副眼镜后面，似乎很幽深，耐人捉摸。嘴角微翘，又显得有些亲切。

而森子眼中的杰子，面容姣好，气质脱俗，穿戴比较上档次，一看家庭就很有背景。

“好了，可以进来了。”阿丽在里面喊。

杰子微笑，闪进屋里，便说：“大才子请进！”

森子进屋，一个女生一头湿头发走过来，把脸埋在发丝里，说“欢迎。”便走了出去。原来刚才这个女生在屋里洗发。

森子在杰子引导下，把暖壶放到了靠窗的桌子下。之后，杰子把靠右首的一个床帘子拉开，让森子坐在床沿上。

转身坐下之际，森子看到这铺床铺得甚为干净，靠墙一面也拉上了一层白布，一道红绳悬挂着风铃、千纸鹤等饰物，很是典雅。对面的帘子也拉开了，阿丽的，满墙都是孟庭苇呀什么的歌星，同样也布置得很时尚。

杰子蹲下从床底下掏出一串香蕉，开始剥，之后递给森子。森子不好意思地拿在手里。“好啊！你偏向，藏起来不给我吃。”阿丽扑过来，蹲下就从床底下抓了两根在手里。“你也从来没给我剥过皮。我不干，我要你也给我剥一个吃。”阿丽像个娇小的孩子歪着头看着杰子。

“好好，给你也剥一个。”边说，杰子三两下剥开一个，一下子塞到了阿丽的口里，直把阿丽逗得啊啊直叫。

看到这里，森子也不由笑了。

“对了，大才子先生，还没吃饭吧？我们一起出去吃吧，一是我答应阿丽要请她吃顿的，二来是感谢您今天能够‘英雄救美’怎么样，赏个脸吧？”

杰子说完，冲着阿丽使眼色，阿丽大眼珠骨碌一转，冲着森子说：“大哥，该宰就宰啦，对这个大富婆可不能客气呀。”

“好啊！你！”杰子放下手中的香蕉，开始搔阿丽的胳肢窝，两个人在床上滚作一团。

看得出来，这两个姐妹关系非同一般。

森子本来就是去吃饭的，如果是杰子一个人请他，他肯定不会去。好在有阿丽，这个调皮可爱的小妹妹。但还是稍微有些犹豫，这时候阿丽过来拽起他的胳膊，嘻嘻哈哈就把森子拖下楼。杰子笑着跟在后面。

这是校门口一个小饭店，他们进了里面一个单间。阿丽知道森子喜欢吃锅包肉，便直接帮他点了。又给森子要了一瓶啤酒。

坐下后阿丽哎哟一声说：“你看，我还忘记给你们相互介绍啦！这位亭亭玉立、婀娜多姿、名满天下、笑靥如花、勾魂摄魄的，被称为校花的就是我的杰子姐姐，来自美丽的滨海城市青岛。”阿丽搂着杰子的肩膀说道。

杰子脸唰地红了，“你——”狠狠地伸出手掐了阿丽一下。

阿丽起身跑，正好来到森子身边，把手向着森子展开，扭头看着森子说道：“这位呢就是风流倜傥、才华横溢、满腹经纶、饱读诗书、幽默风趣、身后追求者成排的北方大才子——丁广森先生！”

这一说，把森子也弄得脸红了。“妹子，你、你——”

“哈哈哈哈——”阿丽这下可捡到笑了，嗖地转到杰子身边坐下来。

“我呀，今天可是最幸运的了，能和两位才子佳人共进晚餐，真是三生有幸，四脚朝天、五谷丰登、六六大顺、七上八下、八面玲珑、九九归一、十全十美呀——”这都哪跟哪呀，阿丽一番词语大杂烩，把大家逗得哈哈大笑。

菜很快上齐了，吃饭间，阿丽和杰子就在对面不时嘀咕说笑，森子自顾自地喝自己的酒。

吃饭的时候，森子发现杰子竟然不太会使用筷子。只是叫服务员给拿了一个小勺。阿丽说，这个家伙崇洋媚外。杰子也承认她比较喜欢西方。西方人直接、泼辣的性格，西方人的生活理念、西方的文化她都很喜欢。说将来有机会一定要到西方去看看。

“我们的大才子先生，听说您一直很忙呀？”杰子边吃边问。

“哪里？瞎忙！”森子很谦虚地笑了笑说。

“不过也应该劳逸结合呀！身体才是革命的本钱！”杰子说完，用专用筷子给森子夹了了一块锅包肉放到他前面的小碟里。

森子连忙道谢，脸有些红了。

“你看你哥，还很腼腆。”杰子趴在阿丽的耳根小声说道。

“这叫作纯情男孩！”阿丽说。

之后两人就哈哈大笑。森子不知道她们说什么，看了看她们就端起杯子喝自己的。

“对了，大哥，她家是青岛的。你不说你家是日照吗？离得不远的。”阿丽介绍杰子说。

“对呀！坐车三个钟头就到了，很近，啥时回老家？我们一路呀！”杰子说。

“哦！好的，好的！”森子应承到。

这样说笑着，饭吃得很快。最后当然是杰子买单，森子跟下来说：“真是不好意思，但非常感谢！”杰子说：“你太客气了，你是阿丽的哥哥，也是我的哥哥啦！妹妹请哥哥不是理所当然吗？”

森子笑了笑。出了饭店，森子说去和学生会的筹备周末舞会，先走了。

阿丽和杰子挽着胳膊说笑着回了宿舍。

这一宿，杰子又失眠了。她明显感觉着森子真是对胃口，才华横溢但却非常低调，比家里一直追她那些公子哥们，比学校的学生会里那些不知深浅的家伙们强多了。如果和他处上对象，在校园里一走，那该是多么的自豪呀！这家伙这么有才，将来进入社会混得肯定也会很不错！

杰子想了很多。自然也美美地继续做着她的王子和公主的梦。

第二天，下第一节课后，校学生会主席黄小明在森子他们班级的门口叫他，手里拿着个笔记本子。森子出来后两个人靠着走廊的窗户在探讨着什么。

这时杰子和一个穿红衣服个头也很高的长发女孩互挽着胳膊从楼下上来了，走起来都水蛇腰扭着，婀娜着，像一对姊妹花。杰子一转身看到了森子和黄小明，杰子冲森子一挥手说了声，“嗨！大才子好。”之后便继续上三楼。

黄小明这时的眼睛从眼镜后面透出一丝狡黠的光：“哈哈，小子，啥时候挂上的？厉害，这个女孩子据说目前被评为我们学校的超级校花。你小子小心脑袋起大包。”

“别瞎胡闹，我可高攀不起。”森子忙解释。

“嗯，她旁边的那个也很那个，蛮不错的，别吃独食，啥时也给我介绍一下。”黄小明边向上看着刚刚踏上最后一级台阶的杰子和另一个女孩，用胳膊肘拐了一下森子。

周末，晚七点半，学校餐厅一楼大厅。

门口竖了一块大牌子，上面贴着一张海报，龙飞凤舞地写着：周末舞会，我们的天堂。

森子、校广播站的成员、部分学生会的成员都聚在门口一排桌子旁边，面带微笑迎接着陆续而来的同学。

这个餐厅的一楼大厅在每周就是舞厅。这个颇具创意性的好主意，还是森子给学校提的。

森子说同学们每周末可以利用舞会释放一下，有益于身心健康，还比较高雅，是学校文化建设的一部分。并建议把学校餐厅一楼大厅稍作修改即可。学校很快采纳了这个建议，在餐厅一楼楼顶安装了一个旋转的球状霓虹灯，并在几个大柱子上安装了音响。

舞会每周六晚八点准时举行，学生们自愿参加，一直可以玩到十二点。这个消息早在校园了通过各种海报、校报、广播广为传播了。今天是“试营业”。学校要求学生会的都来照应一下。整体安排暂时交由森子负责。

看到同学们三三两两地来了，有男有女，森子很高兴。看来这个主意很“深入民心”。

大厅里摆了一圈桌子，来的同学们一个个都挤着坐到了桌子旁边。今天森子班级来得最多，这当然是森子的主意或者说是授意。一来是捧场，二来中文系的同学们都是好动的主儿。比较时尚、先锋。

开灯，放舒缓的慢三，放当下流行的《爱如潮水》《星星点灯》《水手》等歌曲。舞池中央在学生会成员带动下，人员在缓缓增加。灯光闪烁，人影绰绰，可以看到同学们一闪而过的表情很是兴奋。森子站在那里，手里拿着学校的那个数码相机不时地咔嚓一下。

校报的几个小女记者也开始拿出相机、话筒在观众里开始行动了。

“来，班头，我们请你跳舞！”森子面前一下子围过来几位女生，其中一个很调皮地向森子伸出手，做邀请状。“哈，快上！”身边的学生会成员把身前的桌子拉开，一下子把森子推了出去。

几个女生马上围了上来，嘻嘻哈哈，连拖带拽把森子弄进了舞池。顿时舞池里一阵掌声。大家对森子这个系宣传部长，传说中的风流才子蛮期待的。

森子在这种情况下自然无可推托，身体站直，左手放置胸部，微微俯身，右手向刚才邀请她的女生做出一个很潇洒的姿势：请！女生迎了上来。随着慢三节奏，左恰恰、右恰恰，两人开始翩翩起舞。

大家又是一阵热烈的掌声。

其实作为周末舞会的提倡者，森子早就在这之前偷偷做足了准备，和宿舍的阿龙出去到舞厅偷偷练了很多次，早就掌握慢三、慢四、快三、快四、旋转等，包括的士高。

阿龙是森子很铁的哥们，他家境好，接触的人多，见识颇广，能歌善舞。森子很受他影响。阿龙的老父亲很有背景，阿龙经常跟森子提起他，他很崇拜他老爸，他老爸会功夫。会飞檐走壁，会撇飞刀。从八岁起，他老爸就教他练马步，学功夫了。

记得刚入学那天，他见过阿龙的父亲。那是入学第三天的中午，大家刚吃了饭回来，就有人敲门，进来一个肥头大耳、身材甚是高大魁梧的人。腰里还挂着个手机。一看就是个大老板，阿龙一看就叫：老爸来了。

他老爸是趁出差机会来看他的。他老爸没说两句就当着大家的面扔给阿龙一大把百元大钞，把森子他们羡慕得不得了。当晚阿龙就领宿舍的几位好兄弟出去撮了一顿。

那晚在酒桌上，阿龙说他父亲以前在他们当地是道上人，被称为崔老三。但是一般不露身份，也轻易不露功夫。据说在一个大冬天，有一次他老爸跟一伙人到邻村去喝喜酒，喝多了，一伙人穿着大棉袄紧紧靠在后边的车斗里。坐着四轮子往回走，在一个很狭窄的路口，迎面碰到一辆平头车，不给让路。后来那车上下来几个小伙子，很蛮横，吆喝着让四轮车司机后退。

东北人就是好斗，四轮车上这伙人自然也不服气，大家就吵了起来。阿龙的老爸被吵醒了。下了车，迷迷糊糊见对面几个小伙子在指手画脚，便从兜里掏出一把蒙古剃，迅速地挥动了几下，转眼间，对面几个伙计的身上大棉衣便成为一绺绺飘落下来。这可把这几位小伙子吓坏了，掉头便跑，连车都不要了。

而阿龙老爸则转身跳上车，合上棉大衣，又打起呼噜，就像没事一样。一车人都惊呆了。回来他酒醒了，别人提起这事，他说不知道，这就更神秘了。

现在他老爸办了一个粮食收购公司，阿龙还想让森子将来写写他老爸呢！

在阿龙影响下，森子也开始学习蹲马步、打拳、擒拿技巧等等。阿龙为了提高技艺，还报了个散打班。每周学习一次。

今天，阿龙也到场了。说怕有闹事的，森子说学生没那么复杂，阿龙说那可不一定，一定过来看看。就坐在森子对面，一身运动服，虎头虎脑的，眼睛很有神，太阳穴很饱满，有点练家子味道，他随时注意着森子这边的情况。

舞池里热闹了起来。在森子和一些学生会成员带动下，同学们一个个都参与进来。灯光闪烁中，门口进来了三个女孩子，阿丽、杰子和那个昨天和杰子挽着胳膊的女孩。

她们进来之后向左边走，之后坐到了那圈桌子靠舞池一侧的几个椅子上。她们边说笑着边看着舞池里面。

“来，我们上。”阿丽先站了起来，顺手拉杰子。但杰子没动。“红红，你帮我。”这时阿丽冲着依然在挽着杰子的女孩说道。被称为红红的女孩子歪头用肩膀使劲撞了一下杰子说：“别装嫩了你，上！”

杰子依然摇头。

“不上，咱们上。”被称为红红的女孩子忽地站起来，拉起阿丽便向里面走。阿丽被红红拉着，便回头说：“你真不上，你不说你最喜欢跳舞了吗？”

进入舞池两人便开始搂着随舞曲跳起了快四。“今天这家伙有点不正常呢！阿丽跷着脚俯在红红的耳朵旁边说。”

跳舞过程中，阿丽不时地回头看着呆坐在那里的杰子。

只见一个男生，走到了杰子面前，俯下身弯臂做邀请状。可杰子摇了摇头。一会儿又来了一位，从后面看好像是学生会的文艺部部长柳鹏。杰子笑了笑，依然摇头。

阿丽觉得奇怪，按往常杰子是个最疯的家伙。这之前，杰子已经领阿丽和红红到外面的舞厅玩过好几个通宵了。杰子只要一听见舞曲就会自然地扭动起来。怎么今天开始装上淑女了？而且有帅哥邀请都不给面子？尤其刚才那个文艺部部长可不是谁都肯邀请的呀！

这家伙肯定有事！想到着，阿丽俯在红红的耳朵上又嘀咕了一句：“你发现没？这家伙今天好像丢魂了耶！”

“呵呵！你没发现有情况吗？”红红也俯在阿丽的耳朵上说。

“什么情况，我怎么没发现呀！”阿丽很是疑惑。“你仔细看，顺着我们大小姐的目光看。”红红提示到。

阿丽和红红边跳边换了一个角度，只见杰子呆坐在那里，歪着头在霓虹的闪烁里不断地向人群里盯着。顺着她的目光看过去，这一看，阿丽心里咯噔一下。原来她看到森子正和一个女孩在跳舞，这个女孩她认识，是中文班的班花霏霏。这小姑娘家是本市的，业余练健美操，体型非常好。也非常疯，据说身边的男朋友三天就换一茬儿。

阿丽心里登时很不是滋味，阿丽对这个森子哥哥的感情实际上很复杂，但是森子哥哥一向把她当妹妹，森子哥哥一直很疼爱她，照顾她，这让阿丽一直很幸福。她一直很希望从森子哥哥的眼睛里看出点别的什么来。但是森子看阿丽时的眼神总是那么单纯。

虽然他知道森子接到的情书已经成沓儿了，但是森子一直拒绝着。在阿丽心里，一直觉得森子是她自己的。也许这有些霸道。但是阿丽确实有这个想法。

“但是现在竟然让那个狐狸精给缠上了。”阿丽心里酸一阵甜一阵。看着那个霏霏扭着小腰一副妖艳的样子她恨不得冲过去给她一个巴掌。

阿丽突然又想到了杰子。昨天晚上还听杰子说喜欢上了一个人，怎么问都不说，看来杰子要打森子的主意了。“可是，可是，这该怎么办呢？”阿丽竟然苦恼起来。

哎！唉！怎么又走神一个？“啊——”这时红红俯在阿丽耳朵上大喊了起来。阿丽一愣神，“啊？”

“嘿嘿！看来我们大小姐已经深深地深深地——啊？——”红红边向那边的森子努着嘴边卖着乖子。阿丽自然知道红红的意思了。

阿丽一下松开了红红，从人群里钻回到杰子身边。

“唉！到底怎么了？”阿丽在试探杰子。杰子微微一笑没说话。

“哥们！是不是在等待哪个白马王子啊？”红红说得更直接。边说边向舞池里面一指。那正是森子的方向。杰子没说什么却低下了头。

森子在和霏霏跳着舞。他对霏霏的事情也曾有过耳闻，对霏霏一直有看法，觉得她把爱情当游戏，不过今天为了凑兴，加上一个班级，他也不好拒绝。在大家的簇拥下，这对班级里的才子佳人便开始进行了组合派对。

霏霏的大眼睛不时在森子脸上划过一遍再一遍，弄得森子有些尴尬，几次险些乱了步法。霏霏就在那里嘿嘿地笑。这一笑的时候，露出一对小老虎牙。只有这个时候，才显出些纯真和可爱！森子暗想。

好容易一曲终了，森子忙说声谢谢，回到了门旁的桌子前坐下来。有学生会的女同学塞过来一个冰糕。森子忙道谢。

这个时候，舞池里再次响起了舞曲。是快四，霓虹闪烁之中，同学们的节奏快了起来。森子看到气氛起来了，决定不再参与了。

掏出手帕，森子擦了擦额头的汗珠。回头看到学生会的成员大都进入了舞池。只有广播站的两位导播在那里操控着音响设备。森子向他们点头致意。

“嗨！你好，是丁广森同志吧。阿丽叫你呢！”森子回头一看是那天那个跟杰子一起上楼的女孩。

“我叫红红，阿丽叫你过去一下，给个面子吧！”说完歪着头看森子。

森子冲对面一看，果然看到了阿丽。于是一笑，站起身，跟着红红走了过去。

刚到那里，阿丽和杰子都站了起来。“来，我们的杰子想先请大才子跳个舞，相信你不会不给面子吧！”红红说完，把森子和杰子一推便推进了舞池。

阿丽瞪了红红一眼！不料红红笑着说，“是老铁吧？是老铁就应该帮她一把嘛！”

森子被这么一推，进入舞池，还真没了办法。两个人相互看了看，对视一笑，森子很主动地伸出了胳膊。杰子的手搭了上来。

由于事发突然，两人一时还没找到话题，都没说话，似乎都在倾听着舞曲。“你跳得不错啊！”杰子抬头说道。“喔！我是瞎跳，您多指教。”森子说道。突然，舞曲停了，两人撒开了手，森子回头看放置音响的方向。刚想走过去看看情况，一曲的士高铿锵地响了起来。一时间，在大厅里霓虹闪烁，群魔乱舞！

森子回过身，杰子已经随的士高展开了双臂。森子的身子也开始随节奏动了起来。阿丽、红红也一下子围了上来。红红很是调皮，在后面一个劲儿向森子身上撞，令森子向前和杰子越贴越近。

杰子，随着铿锵的节奏，双手高举，头部拨浪鼓一样疯狂甩动，整个脸都埋在飞扬的长发里。加上森子的潇洒配合，登时围上来不少同学，举着双手，嗷嗷地叫着。好不痛快！

森子感觉到身上开始发黏，出了不少的汗。终于一曲终了，暂时休息。森子忙说太热了，回到门口处坐下来。

森子刚坐下，一个个子高高的男生走过来说：“哥们，过来一下有事，”森子不认识这个人，便跟他走了出去。出门口十几步远在一棵柳树下，那人停下，转身，“我警告你，你以后少跟英语系的那个王清杰接触，否则，别说我不客气。”这位同学语气强硬地说。

“你是谁？凭什么跟我这样讲话？”森子深呼吸了一下，盯住这个男生问道。“别问那么多，俺大哥已经很给你面子了，以后注意点。”这个男生说话语气更狠了些。

“你到底是谁？你大哥又是谁？你到底什么意思？”森子的声音提高了八度。

那个人向门口瞭望了一下，一挥拳头，“我不跟你磨叽，你只要记住远离王清杰。好自为之吧！”说完便绕过森子几步进了大厅。

森子站在那里，摇了摇头，这都是哪跟哪呀？真是荒唐！森子踱进了舞厅。森子刚进来，阿龙便握着拳头呼呼地走了过来，“二哥，是不是有人刚才找你麻烦？有事？”“喔！没事！”森子一挥手忙说。

森子坐在座位上，皱着眉头，考虑着刚才的事情。

舞池里依然是很是热闹。

“时间差不多了吧？该收工了！领导！”身后传来了音响师的问声。森子看看表已经 11：40 了。“好，放慢三，同时预告一下舞会要结束了，让大家可以陆续撤了，学生会的最后走。”森子安排道。

“嗨！我们先走了大才子先生。”红红的大嗓门传了过来。她和杰子、阿丽手挽着手来到近前和森子打着招呼。

“慢走！”森子挥手应承到。杰子夹在红红和阿丽中间没有说话。只是抬头看了森子一眼。

好，大家开始收拾一下现场，把桌子、音响都归拢好！森子冲几个围过来的学生会成员吩咐道。

阿龙在旁边一直等着森子。

回宿舍的路上，森子一直在考虑那个人说的大哥是谁。

第二天一早，森子便骑着那辆破旧的自行车到附近的一所小区去做家教了。而阿龙则驮着他的女友凤儿去学散打了。宿舍其余四个家伙还在蒙头大睡。

十一点钟，森子回来开始洗衣服、到食堂吃饭。中午，森子打开日记记了些东西，便睡着了。

铃铃铃，宿舍电话急促地响起。电话就放在森子床头附近的桌子上。

森子迷迷糊糊一伸手，把电话抓起，原来是阿丽打来的。说下午三点钟让他在她们楼下等候。森子说下午还要给校报写稿子，阿丽神秘地说“大哥，今天可是一个很重要的日子呀！你一定要来。”“哼！你已经不止一次使用同样的伎俩了。你就不能换个有点技术含量的？”森子半开玩笑地说。

“大哥！今天绝对不骗你，要不然我去你们宿舍绑架你。”阿丽不依不饶。“好好好！怕了你！谁让我摊上你这么个不讲道理的妹妹了！”森子无奈的应到。“这还差不多！下午三点，老地方，不见不散。”阿丽嘿嘿笑道，便挂了电话。

下午森子来到她们宿舍楼下，又多等了 15 分钟 20 秒，她们终于下来了。杰子、红红还有一个小男生，据介绍是历史系的，红红的男朋友。红红手里拎着一盒涂满巧克力的蛋糕。

“今天你生日？”森子问阿丽。“就是啊，当大哥的一点都不关心小妹，明天把你这个大哥解聘。”阿丽噘嘴嗔怪地说。

“你怎不早说。”

“不是怕你破费吗！”

“你可真是！”森子冲着阿丽摇了摇头说。

“好了，你们哥俩别掐了，我们去饭店吧！”杰子插话说。

点蜡烛、关灯、许愿、分蛋糕，相互涂抹，大家闹得不亦乐乎。

这些人当中，唯有森子身上的蛋糕少一些。

喝、喝、喝！好家伙，这几个女孩子今天是放开了。尤其是今天的小寿星——阿丽被两个姐妹给灌得已经晕晕乎乎了。看来女生的酒量就是不行，森子和红红的男朋友还一点事没有。红红这个烈女子一个劲儿向她男朋友怀里倒。

森子抬头看看墙上的时钟快十点了，便提议，“别喝了！时间很晚了。”于是红红的男朋友扶好红红，杰子则搀扶着阿丽，大家都起身，森子摸了摸裤兜里的钱包去吧台，吧台说账早被杰子结了。

红红和她男朋友一起走，出来饭店来到校门口便和大家告别，提前走了。杰子和森子搀着阿丽。阿丽闭着眼睛喃喃地说想家了，想妈妈。

阿丽家是新疆维吾尔自治区的，离家太远了，她的爸爸和妈妈不在一起，爸爸在上海，和妈妈感情也不太好，只是偶尔给阿丽寄来些学费。多年来阿丽就是和妈妈相依为命。森子很是理解阿丽。

杰子则紧紧地抱着阿丽。森子帮着她把阿丽搀进了宿舍。

宿舍的人还都没回来。杰子把阿丽扶上床，盖好被子。

“阿丽说今天要给家里打个电话的，看来是不行了。”杰子说。森子嗯了一声。抬手看了看表，22：30。

“哎呀！我肚子痛！大才子能不能把自行车借我一用，我到附近的诊所抓点药？学校的卫生所早没人了。”杰子突然痛苦地捂住肚子。

“你是不是喝酒喝的？君子急人所难！当然没问题！你在宿舍门口等着，我去给你取。”

说完，森子推开门，穿过走廊，急匆匆地下了楼。

宿舍楼下，森子骑着自己的破自行车叮叮当当地冲过来，一个急刹车。杰子已经等在那里。“我这个车子有点破，呵呵！骑着注意点。”森子交待说。“好！谢谢你。”杰子伸手接过车把。“小心点！”森子继续提醒。

杰子转过身，推着自行车，快走了几步，跨了上去。

森子正准备离开，突然听见杰子哎呀一声。森子转身，杰子已经连人带车摔倒在地。森子连忙跑过去，慌乱之中，拉住杰子的手。拉了几下，杰子才被拽了起来。

森子感觉到那双手如此细嫩柔软，不由一愣，慌忙撒手。又去扶车子。“呵呵！不好意思，是不是把车子摔坏了？”杰子不好意思地说。“喔！没大事，车链子摔掉了，这个好弄。”森子说完把车子后梯子一支，跑到旁边找了根冰糕棍，伸到链盒子里，捅了捅，再蹬了蹬车蹬子，修好了！

“真厉害！”杰子说，“其实，我不太会骑自行车的！我们青岛那里一般都不会骑，我是前几天刚刚学会，技术不太熟练，见笑了！”杰子解释道。说完又很痛苦地捂住肚子。

“那这样吧！我骑车带你去。”森子看了看杰子说。

“那——我先谢谢了！”杰子冲着森子一点头。

森子骑上车，让杰子坐上来。杰子跟在后面，手扶着后座跑了几步，侧着身子坐上来，车子猛然晃了晃。杰子慌忙抓住了森子的后腰。“好家伙，很有分量啊！”森子用力把稳车把暗自叫道。

“车子能受了吧？”杰子在后面问道。“没问题，坐好了。”森子喊道。

在校门口森子和门卫打了个招呼，说帮女生看病。门卫都认识森子，就说：好，回来叫门就行。

出了校门，森子按杰子的指点沿着大街向左，穿过一个红绿灯，大约又骑了10多分钟的路程便看到了一个路边的全科诊所。

“这里我以前来过，大夫是一个很好的老大妈。你在外稍等，我自己进去便可以了。”杰子跳下了车子说。

森子手扶着车子站在门口，看到杰子推门进去了。森子拍了拍自行车已经磨得露出钢条的座位，暗叫一声，辛苦了老兄！这个车子是他花50元从旧货市场买的，一般都是出去做家教用的。自己也就110多斤的重量。今天非常丰满的这位估计至少得130多斤。还好，这铁老兄很给面子，还能撑得住。

“哎！大才子先生，不好意思，我得打个吊瓶，要不你先骑车子回去吧，我得打一个多小时呢！”杰子推开门冲他喊道。

“喔！那我等等你吧！”森子说。

“好，那你进来等我吧。”杰子推开了门。森子把车子支好，进了屋。

这是个不算太大的诊所，外屋是玻璃柜台，摆设了很多药品，柜台里面是一个个小抽屉，标着当归、陈皮等中药药材名称。满屋子都是中草药味道。里屋是几张铺着白色褥单的床。床前都竖着一个挂吊瓶的铁架子。

看来是个中西医结合的！森子想。

老大夫阿姨很慈祥，正拿着一大堆药放在一个床上，一边忙着配药，一边让杰子坐过来。杰子坐到了床上。

森子一直站在那里看着。老阿姨一边忙活，一边问杰子，“你男朋友？”杰子脸顿时一红，扫了森子一眼，说：“不是阿姨，别瞎说啊！”森子也很不好意思，脸上有些发烧。

“唉！现在年轻人不都是这样吗！有什么不好意思的？呵呵！”这老阿姨倒是很看得开。

“你来事了就不能喝酒啦，嗨，现在的孩子呀，一点也不注意自己的身子！”这时老阿姨边给她挂吊瓶边说。

她这一说给杰子弄得满脸通红，而森子则怔怔地不知道怎么回事。

“阿姨，您别说啦——”杰子忙想堵住她的嘴。

“哈哈哈，现在的年轻人啥不知道呀，说怕啥呀？”不愧是大东北的大姨，太有冲击力了。杰子心里想：我真被你打败了！

忙活完，老阿姨让森子坐在门口处的椅子上。靠墙处一个电视正在播放晚间新闻。森子坐下来，看起了电视。

杰子也扭过身，看着。

新闻完事后，开始播放一个韩国的电视剧。

“唉！大才子先生，听说你文笔很不错啊！在很多报刊发表过作品是吗？”杰子问道。“喜爱而已，别听他们瞎说。“森子解释道。

“这么谦虚啊！难怪！”

“难怪什么？”

“难怪这么优秀！”

“你这是过奖了！”

“我也很喜欢文学，找时间的向您请教一下啊！”

“只能说是相互交流、切磋！”

“好啊！你可要多指教我呀！”

二人这样没话找话地聊着。

一个多小时过得很快。挂完吊瓶，森子从兜里掏出 50 元钱给阿姨结账，让杰子一把抢了回来。

“阿姨，别用他的，我这里有。”边说边掏出一个百元大票塞给阿姨。

“哈哈哈，你看人家这个女孩子多好呀！这么为你节省，真是你的福气呀！”阿姨边从抽屉里找钱边冲着森子笑着说道。

杰子在那里笑，而森子则脸唰地又红了。

回来的路上，杰子说森子将来一定是个好男人、好丈夫。森子就笑。

当森子驮着杰子回到宿舍楼下的时候，已经快十二点半了。

“今天多谢你了，等哪天我请你吃饭！”杰子说。

“不不不，这也没啥。你快上去吧！再见！”森子说。

“好的！祝你做个好梦！”杰子说完，转身进了宿舍楼。

男生宿舍的楼下，森子刚刚把车子支好，锁好。就听见有人在背后说道："哎呀！挺辛苦啊！没累着吧？"

森子吓了一跳，森子扭过头，看见一个很魁梧的男生站在身后。抱着膀子歪着头正在看着他。"你是谁？"森子问道。

"我也是学生会的，一个小角色。"森子听了努力想了想，似乎稍微有一点印象。

"找我有事？"

"当然！我已经跟踪你们一晚上了！"这个男生语气生硬起来。

"你们？"森子一惊。这是什么意思？森子很是疑惑地看着这个男生。

"你什么意思，说明白点。"森子走上前几步。

"哈哈，果真是贵人多忘事啊！你记不记得周末舞会那天晚上曾经有人提醒过你？"那个男生说道。

"嗯？"森子还是不太明白？

"挺能装啊！我问你，你是不是和王清杰处对象呢？"

森子看着这个男生很坚定地摇了摇头。

"没有？你骗哪个二百五呢？在一起吃饭、喝酒，又陪她去打点滴，你不是和她处对象那是干什么？"

森子盯着他看了一下："你在跟踪我们？"

"哼！别废话，你们是不是在处对象？"

森子笑了笑，"我再向你郑重声明一下，我没有！我没时间和你们闲扯。"森子高声说。之后，转身准备上楼。

"你别跟我装，反正我警告你，不准碰王清杰。否则有你好瞧的。"那个男生在后面喊道。

森子没有理会，径直进了宿舍楼。

森子突然意识到应该与这个王清杰保持距离了。

回到宿舍，除了阿龙其他的兄弟们都睡着了。阿龙躺在被子里正在看古龙的武侠小说。“怎么这么晚回来？没什么事情吧？”阿龙问道。“没有！一个同学过生日。”森子没有说刚才的事情。如果说实话，按阿龙的脾气会马上下楼，把那小子追回来痛扁一顿。

“唉！从明天开始就累了！”阿龙突然叹息了一声。

“怎么了？你还有解决不了的事情！”森子打趣说。

“凤儿报了一个业余舞蹈班，我以后每天晚上都得负责接送啊！”阿龙没好气地说道。

“呵呵！应该的。这是一种责任，一种义务啊！”森子笑笑说。

“尽说风凉话，我看你有了女朋友怎么办！”

“我？我可轻易不会失身。哪像你！”森子露出难得的坏笑挖苦阿龙。

森子想起了两个星期前，阿龙突然神秘地对森子说，我已经把凤儿彻底拿下了。

森子就笑。

原来，那个星期天，森子他们宿舍的人都出去了，阿龙便把凤儿领进了宿舍。那天晚上，阿龙便得意地告诉森子，他把女友彻底拿下了。还神秘地小声说：没想到她还是初恋呢——

森子就狠狠拍了一下阿龙的肩膀，“你怎么堕落成这样啦，以后可得好好对人家呀！”

“那当然，我肯定会好好对她的，我绝对会做个负责任的男子汉，放心！”边说边拍了一下胸膛。

森子就笑了，知道阿龙是个很仗义的人，仗义的人对感情肯定就比较专一。

那以后，阿龙和他的小女友凤儿两个人就更好了。简直如胶似漆。凤儿家是大庆的，据说家境也很不错，老爸是某个局的局长。凤儿长着一对丹凤眼，很漂亮。阿龙小伙子，剑眉虎目，多才多艺，家庭条件也好，两个人可谓门当户对，天作之合！

每次阿龙问森子为什么不处对象的时候，森子都说自己家境不好，现在最重要的任务是学习，是提高自己、磨炼自己，不想过早地浪费自己。

第二天中午，吃了饭，大家都陆续回到宿舍午休。阿龙一回来便很是气愤的样子，说英语系一个男生找死。森子忙问怎么回事。原来，中午放学在阿龙和凤儿一起下楼的时候，一个男生总盯着凤儿看。把阿龙气坏了。阿龙说那个男生以前追过凤儿，是英语二班的。

森子知道阿龙脾气大，便劝他说：“爱美之心人皆有之嘛！”

“跟别人好使，跟我不好使。他欠扁了。”阿龙狠狠地说了一句。

森子也没当回事，就午睡了。

晚上，阿龙回来得很晚。

第二天，森子带队检查三楼卫生。在英语二班，看到了一个男生头上缠着纱带。

中午回来森子问阿龙，“你是不是收拾人家了？”

“对，我只是给了他一点小小的警告。”阿龙挥了挥拳头说道。

“你不怕出事儿？”森子问。

“老哥！没闹大事儿！”阿龙半带嘲笑地对森子说道。

可能因为这是在北方的缘故吧！祖先都是驿站上的人，骨子里流着好战的血。因此北大荒的人都是烈性的，好斗的。森子是山东生人，三岁随着家里闯关东到的东北，所以，在森子身上还是处处体现着孔孟之乡，儒家风范。从来不喜欢武力解决问题。

看来，各地的文化差异也在决定着人与人解决问题的方式的不同。

想到这些天在自己身上发生的事情，森子倒是有些后怕。因为那个王清杰的事情，他竟然受到两次警告了。没准哪天也会飞来个砖头子，看来自己也得小心了。

这两天晚上，森子决定在宿舍看书，不再去班级上晚自习了。这两天杰子每天都要到他们班去上。实际上这些天班级另外一个角落了也远远多了一个人。就是那晚在森子把杰子送回宿舍后出现的那个男生。

那个男生一直在默默地跟着杰子，盯着杰子。

第二章

楼下被袭

这天晚上，同宿舍的人都去上晚自习了，大约七点多钟，森子正在看外国文学，电话铃声急促地响了起来。原来是阿丽，说到处都找不到森子，要森子出来有急事。

阿丽说在校门口等他。森子急忙下楼。

“怎么了？妹妹？”森子一见到阿丽便急切地问道。阿丽转身就走，低着头。森子更迷惑了，忙跟上去。到底怎么了？你说啊，可别吓唬大哥！阿丽还是自顾自地向前走，就是不吱声。

“是不是谁欺负你了？跟大哥说，看我不打它个两眼摸黑、三魂出窍、四脚朝天、五官挪位、六亲不认、七窍流血、八面朦胧、九死一生。”森子模仿阿丽的口气这一说，把阿丽逗得扑哧一声笑了。

出了校门，沿着大街，两人向前缓步走着。

阿丽还是没说话，把一封信赛给了森子。森子很好奇地打开，一看原来是封男生的求爱信。用的是隶书，写的字蛮漂亮的，只是落款的名字森子从来没听说。

森子看完不由笑了。“我以为什么事情，原来是喜事啊！”

阿丽却撅着小嘴，依然一声不吭。森子也不在开玩笑。看到前面街边有个靠椅，便叫阿丽坐下再说。

坐下后，阿丽说：“这个人是武汉的，人很好，老实！追我很长时间了，很执着。”

“那不错啊！”森子道。

“不错是不错，可是我——”

“可是什么？你不喜欢人家？”

阿丽没有回答。却说了一句不着边际的话：有时候爱一个人，不一定非要得到。

“爱一个人不一定要得到？你给大哥弄糊涂了。”森子挠了挠头说。

“是呀！你这个人就是很糊涂！”阿丽撅着小嘴，瞪了森子一眼。

“别胡言乱语了，我知道妹妹一直很孤独，尤其你妈妈又那么远，可以处一个对象，也好有人照顾你，但是必须要对你好，否则我都不答应。”森子说。

“这是大哥你的真正意思吗？”阿丽突然抬起头死死盯住森子的眼睛。

森子一愣，点了点头。

阿丽再次看了看森子的眼睛和表情。双手狠狠攥住那封信，垂下了头。

半晌说：“大哥，杰子喜欢你，她要追你，她说你是她至今遇到的唯一一个真正打动了她的人。杰子家境很好，又很有能力，她将来会帮你很多忙。她对你是真心的，杰子是个好人，现在追她的人很多，你好好把握吧！”

说完，阿丽起身便走。走着走着，毛茸茸的大眼睛里便有泪水溢了出来。当然，这些森子没有看到。

森子愣在那里许久。

第二天，森子依然在宿舍上晚自习。森子把那个小录音机打开，放着刘德华的“中国人”。

笃笃！突然有敲门声。森子穿着拖鞋，开门一看竟然是杰子。她手里托着一个扁扁的很精美的纸盒子。杰子站在门口没有进，说：“怎么好多天没见到你了？没什么事吧？”边说边把那个盒子递给森子，“呶，这是我妈妈给我寄来的大虾仁，很有营养，送给你做下酒菜吧！”

森子忙往回推，没想到杰子后退一步说：“楼下大爷让马上下来，我就不打扰了。再见！”说完转身便走。

森子赶出来，杰子已经拐过去下楼了。

森子摇头又笑了笑。

森子进屋拿起那个盒子。盒子设计得很好，中间是椭圆的一层塑料膜，可以看到里面是剥好的大虾仁。这是很贵的海产品。森子只是在这里的大商场见过，还真没吃过。

森子颠了颠，很有分量。森子把它顺手放到了桌子上。

大约八点多钟，阿龙回来了，手里还拎了两瓶啤酒，一小包麻辣花生。阿龙经常这样，总是隔三岔五地在下晚自习后拎几瓶啤酒回来和森子偷喝。

等阿龙把啤酒一放在桌子上突然惊叫起来，“哎呀！可有好下酒菜了。”说完忙拿起那个大虾仁。看森子。“老实交代，是怎么回事啊？”

“喔！一个朋友送的！”

“是男的女的？不是一般关系吧？嘿嘿！”阿龙好像什么都看穿了似的。

这时另外两个舍友小良和曹小文也陆续回来了。这群家伙看到酒看到大虾仁岂能放过？好家伙，一下子都围过来了——

早上刚进班级，同桌小梅（班级文艺委员）便告诉森子，说下节课校广播站要海选女播音员，请森子准时到校会议室作评委。

森子兼任着校广播站的编辑。

森子到会议室的时候，已经做了一圈候选人了。有20多个。学生会的几个评委也都到齐了。森子坐定，扫视的时候不由一愣，候选人当中看到了阿丽和杰子。森子冲她们微微点头。

主持人宣布了规则：先自我介绍，再朗读一篇文章、再模拟播音。第一轮下来，进行投票，森子给阿丽和杰子均投一票。森子是很客观的。两个人表现确实不错。公布名单之后剩下6个，阿丽和杰子均再在其中。

第二轮宣布开始了。杰子突然提出退场，说自己感觉不适合，不参加了。杰子在大家的差异里冲森子微微一笑，走出会议室。

第二轮同样的内容，只是更加注重表情和气韵。结果很令森子高兴，阿丽最后胜出了。

森子向她表示庆贺。阿丽高兴得蹦起来。

这天放学前，阿丽给森子递过来一个纸条，说为了庆贺，晚上要出去撮一顿。

还是那个阿丽过生日的饭店。

森子到的时候，杰子、阿丽已经到了，在阿丽旁边多出了一个男生。肤色稍黑，很憨厚的样子。阿丽介绍说，“这是我新任男友——兵兵。请多多关照！”原来如此，前些天那封信看来就是他写的了。

初次相识，自然少不了喝酒。这个男孩姓孙，不太胜酒力，一喝脸就通红。森子便不再强求。森子说今天有两喜，一是阿丽在 20 多名播音候选人绝对胜出，二是阿丽终于“名草有主”了。

森子问到今天杰子退出的事情，原来杰子实际上对播音不感兴趣，是去陪阿丽的，给阿丽壮胆。喝酒期间，看得出阿丽对杰子感激，也在极力地为森子和杰子撮合。

喝着喝着，阿丽突然说肚子疼，让兵兵送他先走。没等森子说话，两人便消失了。

森子无奈地坐了下来。对面的杰子抿着嘴，歪着头，看着森子。

“来，我们干一杯。”森子冲杰子举起了杯子。

“给个理由吧大才子先生，要不我不喝。”杰子说。

森子另一只手搔了一下后脖颈，说：“谢谢你那盒大虾仁吧！”这句话把杰子说的一下扑哧一声笑了。

杰子一下子又坐得端正了，表情很郑重，把杯子举着说：

“我想跟你说几句话，说实话，我接触的优秀的男孩子不少，但是相比来说，你是最特别的一个。直说吧，我很欣赏你，我这个人不会放弃任何一次机会，我也不想给人生留下什么遗憾！我们，我们——说到着，杰子把头向下低了一下，我们可以处朋友吗？我是真心的，这句话我已经考虑很久了——”

森子已经明白了她的意思。

森子低下头，双手握住酒杯，“这个，我觉得——很突然。”

“我会给你时间考虑。”杰子忙接过话茬。

“我，我考虑一下吧！”森子抬头看着杰子说。

“好！我们喝酒吧。”杰子举起杯一饮而尽。

两个人又闲聊了一会儿，结束。出了饭店，朦胧的路灯下杰子问，“我们能出去走走吗！”

“好吧！”森子说。

学校离江边不远，杰子提议到江边转转。这条江，沿河美化得不错，有铺展的草坪，有情侣雕像，有用石子铺的小道，河边有专供人休憩的长条椅。

十月下旬了，树叶已经有些枯黄了，但是温度还是没有降，江风习习，还能感受到夏的余温。晚上有不少人都来散步，这其中有很多小情侣，拉着手，很亲昵的样子。

杰子说她刚到这个城市的时候常常一个人到这里看夕阳，夕阳下山时这里“半江瑟瑟半江红”真的很美。她说前些天在这里还看到过蛇呢！

看得出杰子是个很有情调的女孩子。森子暗想。

森子很少言语。而杰子则一直在兴致勃勃地说着。

杰子说她在今年刚入学的时候，就是森子组织同学们到火车站接的站。森子一笑，学生会成员在每年开学的时候，都要到火车站接新生。这没什么奇怪的。

杰子说，那次车到站的就只有杰子一个女生。那男生都坐到大客车里，是森子特意安排她坐到了学校的丰田车里的。

森子一笑，早记不起来了。

杰子还向他讲起了关于那次约会“他”的事情。说刚入学不久就听到了森子的大名，打听出森子的外貌特征，结果把那个卫生部部长肖洋给误认为是森子了。说她屡次在他来检查卫生的时候给他眼神做暗示，“森子”也给了回应，还挺照顾他们班的，那次她在“森子”检查完后便跟出来，塞给他一个纸条，约他出来。第二天在校门口一见面杰子便问他是不是森子，结果不是，杰子掉头便走了，把肖洋给晾在那里了。

说到这儿，把森子逗笑了。“你也太不给人家面子了，人家可是堂堂的卫生部长啊！”森子说。“我管他谁，反正我要找的是丁——广——森。”说完自己也笑了。

两人就这样一路说笑着。九点多了，江面上已经一片漆黑。

他们向回走。在女生宿舍门口，杰子仰头定定地看着森子说今晚是她最幸福的一晚。森子淡淡一笑。

送回杰子，森子向男生宿舍走。突然，听见身后有人向这跑，森子下意识给让道。但是明显感觉声音还是直奔自己来了。

森子回头，看见两个人，个头很高，冲他扑来。手里好像还拿着棒子。森子叫声不好，扭头便跑，但是还是迟了。就听见呼的一声，一股力量冲着他的左肩砸了下来。

幸好森子跟阿龙学过擒拿手，左肩下沉，右手顺势护过来，抓住那根棒子。森子大叫一声，身体迅速向右旋转，一股力便卸了下去。但是还是感到左肩隐隐作痛。

森子站定，再看，两个人影又扑了过来，森子知道硬碰不行，来回躲了几下。突然过来一个声音，“什么人？”

这声喊，声音响亮、雄浑。那两个人扭头便跑，转到宿舍拐角，窜上墙，翻身逃了。

这声喊不是别人，是阿龙。原来阿龙也是刚把凤儿送回宿舍。

阿龙一看是森子捂着左肩，便想去追，被森子拽住了。

森子叮嘱阿龙不要声张，说：“阿龙，不要让宿舍人知道。宿舍的小良脾气也大，听了这事肯定不会善罢甘休的，还是消停一下吧！”

阿龙一再问是谁干的？森子摇头。

还好，没出什么事！森子想。这一晚，森子没怎么睡，不用说，这两个人肯定与前两次的人有关，换句话说与杰子有关。

接下来的几天，正好又轮到森子早上巡检。检查到杰子她们班的时候，森子只是站在门外，不再进去。他想让自己冷静一下。

中午在食堂吃饭的时候，阿龙和小良端着饭盒过来了。问那晚的人是否调查出来了。看来小良也知道了。森子说不用管他。阿龙说他兄弟们多，他负责调查。实在不行，让他的散打老师找人，他的散打老师在本市一些黑帮都很惧他，说话绝对好使。

“就是，干仗，咱不怕他们。”小良这个好斗份子马上补充道。“上次干那家伙那次，真是爽啊！”小良很是幸灾乐祸地说。

森子才明白，原来上次就是他们把那个盯着凤儿看的英语系的家伙给收拾了。这家伙是河南嵩山的，小时候据说曾私自跑道少林寺去学武，后来被老爹老娘给打回来了。不过，这家伙十分好斗。天天晚上在宿舍练习哑铃，胸部肌肉蛮结实。基本上每三天就要挑起一次战事。他和阿龙更是老铁，都是练家子。都喜欢武力解决一切。目前的情形是，他就是阿龙的小弟。只要阿龙一句话，他就是个字：冲！

所以，很多事，森子不愿他们出面。怕把事情闹大。而阿龙一般还很接受森子的意见。他们三个人之间的关系，森子有时候就是宋江的角色。冷静。沉着。

“对了，森子，今晚有事吗？我干姐姐今晚过生日，咱们一起去吧！”阿龙说。森子没有言语。他这个干姐姐叫桂琴，内蒙古的，大眼睛毛茸茸的很漂亮，跟森子同班。森子之所以没吭声，是因为这里面有事。

其实这个桂琴一直在追森子。每次森子一进到班级，总会看到一双幽怨的大眼睛在暗地里盯着他看。森子坐在前排，他总会感觉到那双眼睛在后背灼烧自己，多少次地暗示和期待。但是森子对她总是回避。森子实在是对她毫无感觉。

但是越是躲避，她就越是疯狂。

有时候，森子的一个笑都会领她激动很久。这个桂琴多次到宿舍看弟弟阿龙，实际上是看森子。每次只要桂琴一到宿舍，森子就极不舒服。后来，阿龙知晓了此事，也想撮合。但是森子说对她没感觉。森子总觉得桂琴过于浅薄了。缺乏内涵。况且自己又不想过早地涉及情爱。

但是，这个桂琴够执着的。那种眼神总是一如既往。这件事阿龙也略知一些。

“别琢磨了，给个面子，让人家过个生日吧！难得人家对你那么痴情，我们都在一起，害怕出问题吗？是不是请不动你这个领导啊？”阿龙打趣说。

“你话都说到这个份上了，我还能拒绝吗？”森子一撇嘴。

“礼物我买就行了，不用你们破费。”阿龙说。

这个饭店离学校稍微远了些，下午四点多钟，大家便在宿舍集合。阿龙下午便和凤儿出去买了白色的毛茸茸的大狗熊。凤儿兴致勃勃地抱在怀里，边下楼边娇滴滴地说：“阿龙哥哥，我也想要一个。”

大家嬉笑着，到校门口，阿龙伸手打了一个车，大约十多分钟，到了一个叫作“好哥们”的酒店。问了吧台，订的单间在二楼。

单间的门上写着：高山流水！蛮好听的词啊！森子叹道。

单间很大，已经坐了一圈人了，同学，朋友，同学的同学，朋友的朋友，男男女女反正一圈大约有十多个。寿星桂琴坐在最里面。桌子上已经摆放好了一个大蛋糕。

大家一看见森子，都纷纷起身，表示欢迎。凤儿，和几位女同学一下子嘻嘻哈哈地拥到一起，仿佛多少年没见了一样。那个雪白的大狗熊则被凤儿一下子赛到桂琴的怀里。

桂琴这时候站了起来，手指向左边一指，对森子说，丁哥你坐那里吧！森子歪过头去一看，不由一愣。

那椅子旁边坐着的是阿力。阿力是谁？他是森子内心的一个隐痛！

森子走过去，坐下。阿力，向旁边靠了靠，没说话。

其实，在初中，高中，他们一直是很铁的朋友。

森子的脑海里闪出一幕又一幕：

那是初中的时候，森子认识了阿力，那时的阿力已经是个小诗人了，森子就是在阿力的指导下开始学写诗歌；两个人利用周末，骑着自行车到三十里外的一个村子去拜访一个著名的乡土诗人；一起站在凳子上写黑板报。

森子在阿力的带动下，穿着同样的绿色校服，在学校的大操场一同主持全校的五四青年节活动。

高中时，两人考入不同的学校，同时都担任文学社社长。经常相互探望。睡在一个被窝，一块在小摊喝啤酒，吃烤肉，大谈诗歌和理想。

暑假，森子跑到阿力家里，一同在他们的西瓜棚里啃西瓜，赏月亮，听蛐蛐，胡诌诗歌。寒假时，阿力则在森子家，地方小，两人就挤一个被窝，共同聊诗歌，聊未来。

寒暑假基本上都是在对方家里度过。

之后便是同时报考一所大学中文系，一同被录取。之后便分到一个班级。

之后便是班级里的班干部选举。

班级里一个个在上前作演讲。投票，森子一三票优势超过阿力，任班长。

班级里投票，森子以五票优势进入学生会。

学校校报主编竞聘，最后只剩下在阿力和森子。森子以一票胜出。

阿力疯狂地追一个女孩，但是那个女孩却说爱森子。

每次森子和阿力一说话，阿力就想压倒森子，森子无奈地做着退让，后来听某些朋友说阿力总觉得森子在和他作对，实际上不是的，森子根本不是和阿力做对，但是选班长也好，选校报主编也好，都是大家选的。

“阿力太好胜了，他这样将来会碰钉子的。”森子想。

阿力和森子之间话越来越少，越来越陌生。直到阿力要求调班级。这样他们就彻底分开了。几乎一个月都见不到一面。

每次放假回家，森子的家里人都会问起那个阿力，森子只能口头上说很好。

森子一次次力图挽回，但是阿力总是一副不屑的神情。“为什么呢？究竟是为了什么？”森子总是在扪心自问。

关于他们两个的关系和现在的尴尬，阿龙、小良、凤儿、桂芹等等都知道。他们今天这样安排，是想再次给他们提供一个和解的机会。这个森子很清楚。

“来，咱们开始了！”阿龙的一句话，惊醒了森子。

阿龙站起身，咳了咳，清了清嗓子，“现在我隆重宣布，王桂芹，俺大姐 23 岁生日庆祝活动现在开始！”顿时大家开始鼓掌。

“我先敬大姐第一杯，祝大姐越来越漂亮，赛过西施，超过貂婵、直追王昭君！气炸我的凤儿，”阿龙诙谐的祝福拉开了生日宴会的序幕。

接下来，一个个敬酒、祝福。好不热闹。这期间，森子和阿力的目光基本上是平行的。没有说话。

大家酒喝得都很厉害。关系一般都很好，也不忌讳。你敬我，我敬你的，都很快进入了状态。

“来，阿力，我们好久没喝酒了！我敬你一杯。”最终还是森子主动转过身，冲阿力举起了杯子。阿力一愣，忙端起杯子，目光先是盯着杯子的边缘，之后慢慢抬起，看着森子。

阿力，鼻子直挺，眼珠子像俄罗斯人的那种黄，整个面部很有棱角，看起来是很有男人味很帅的那种，他看到的森子，眼圈微红。

两人杯子一碰，均一仰脖干了下去。

放下杯子，阿力转身，对森子说，“还好吧？”“嗯！还好！你最近怎样？”森子问。

“一切如故啊！”阿力长出了一口气，靠在椅子上。

其实森子了解阿力，阿力因为过于自傲和固执，身边几乎没有什么朋友。听说前些日子处个对象，是大庆的，人家本来很欣赏他的才能。不过受不了他的脾气。加之阿力不允许女友跟其他男生说话。这极端的大男子主义，把人家给吓跑了。看得出他最近的郁闷。

“我很怀念以前的日子！”森子继续举起杯子。

阿力举起杯子，回过头。森子看到了他眼角也已湿润。

一碰杯，二人再次一饮而尽。

“你酒量不行，少喝点吧！”森子了解阿力的酒量，纯粹的“一瓶倒”，便对阿力说道。其实，森子看到阿力已经眼色迷朦了，知道他喝得差不多了。

“没事，今天只求一醉！”阿力说完，自己端起杯子，再次一饮而尽。

其实，森子看到了阿力，心里也和郁闷。感觉到状态不是很好。头也晕乎了。

“来！我们干！”阿力再次举起杯子，仰起脖子，干了下去。

森子也跟了一杯。

突然，阿力的头歪了过来。直接靠到森子的肩上。森子忙扶住他。知道他多了。阿力的手抬起来，一下搭在了森子的肩膀上。头转动了几下，带着哭腔说到：“我也多么希望我们回到从前啊！”

森子身子偏过去，一下子揽住了阿力的肩膀。两个人搂在一起“我更是啊！”森子抽泣着说。两个大男人竟然抱头痛哭。

满桌子的人，顿时安静下来。凤儿和桂芹身前的餐巾纸都放到了两个人跟前。

“来！喝！”阿龙把大家拢了回来。也是在替二人庆祝吧。

下面进行第二项，许愿！

森子抬眼一看，大蛋糕已经插好了蜡烛，几个女生已经说笑着帮忙点燃。有人伸手把灯关了。

接下来，屋子里相当静。桂芹抬眼望了望森子，双手合十，许愿、吹蜡烛。大家帮忙，一口气全吹灭了。灯盏亮了起来。

大家掌声响起。“Happy birthday to you”的祝福声响起。

接下来就有人开始惊叫。蛋糕开抹了，邻近人的脸上、脖子上全是奶油。尤其桂芹脸上更是惨不忍睹。脸上几乎每个人都给她来那么一把。她也不躲了，就在哪里端坐着，嘿嘿傻笑。

而其余的人相互开始追撵，乱作一团。

森子和阿力自然也不例外。森子抓了一把，抹到了阿力的嘴巴子上，阿力也抓了一把奶油，抹到了森子的脑门上。之后连个人便开始相互指着，醉眼迷离地傻笑着。

终于疯够了，大家一起出去看电影。一路上，森子和阿力拉着手，回忆着他们的初中、高中。

电影开演、演的什么，他们已经没有印象了，两个人挨着座位，手攥着手，脸上都挂满泪水，好像一对久逢的情人。

后来又怎么回的宿舍，森子也不记得了。他只记得，看完电影出来的时候，好像天空飘起了雪花。

第二天下午放学，在回宿舍的路上，森子老远看到了阿力。阿力也看到了森子。森子刚想走过去打招呼，阿力却没感觉一样走了。

森子呆呆地站在那里，良久。

在宿舍，阿龙叫森子吃饭，森子摇头说没有胃口。

森子躺在床上，努力回忆着昨天晚上和阿力的一幕一幕——又百无聊赖地翻了翻床头的卡耐基成功之道，突然想起班级里正在排练迎接“一二·九”的节目，便一骨碌爬起。

拿起木梳，对着镜子梳理了几下乱糟糟到头发，便急匆匆下了楼。

还有一个来月就是十二月份了，为了纪念“一二·九”运动，学校每年都要进行文艺大汇演。各个班级都在准备排练着节目。届时市领导都要来观摩的，所以学校十分重视，先要以班级为单位选送节目，再以系为单位，最后敲定节目单。完全定下来之后，至少还要彩排两次。因此全校各个系、各个班级都在积极地备战。

森子刚到一楼大厅，正好碰到了方桦。他跟森子一个班，也是学生会的。两人关系一直很好。方桦个头不高，头发较少，戴副高度近视镜，一看就是博学渊博那种。两人在诗词歌赋方面很是投机。常在一起切磋。方桦记忆力特别好，一晃脑袋就能吟出一首唐诗宋词，这一点上森子特佩服。

方桦来自河南，家境不好。他总是穿这那件西服、牛仔裤，就像那个别里科夫，样子很滑稽，总是一件衣服，大冬天也是，非常抗冻。虽然森子家境也不太好，但是森子也常常救济救济他。借给他点伙食费或是请他吃顿饭等等。

“唉？班头，干什么呢？吃饭没？”方桦一挥手，冲着森子打招呼。

“我，今天没什么胃口，不吃了，我想看看咱班排练情况。”

“好着呢！别的班也不错。我刚刚从上面下来，看了一圈。

走，要不我再领你上去转一圈，你这个大领导难得有这个时间。也改体恤一下民情啊！”方桦开玩笑道。

“好吧，现看看别的班的排练情况，没准能找到新闻。”

两人开始上了四楼。各个班都有一个班级在里面忙活着，有的练合唱，有的练舞蹈，有的排练相声和小品。

到了三楼，英语系 305 班门口的时候，门开着。

“他们班的舞蹈不错，走进去看看。”方桦率先走了进去。森子跟在后面，班级里的桌椅都摆靠墙摆放着，教室中间里面围着一圈人，原来是一男一女在练习双人舞。

森子和方桦进去后，里面的人一阵掌声，表示欢迎。突然森子停下了脚步，他看清了里面跳舞的那个女生原来是杰子。

真是冤家路窄啊！森子心理暗叫。她可是故意躲避杰子好多天了。

森子想转身，不料早被杰子看到。

“哎呀领导！怎么这么闲着？”

杰子推开了那个脸上涂着红粉的男生，走过来。能听出来，那语气中含着一些怨气。

森子微笑了一下，没说话。

“你们吃饭了吗？”杰子问。

“我吃了，但是他还没呢！”方桦指指森子。

“刚才我们就在楼下买的盒饭，我看看还有没有了。”杰子边说边披过她的皮大衣。“你先等等啊！”说完不等森子反应，便噔噔噔下楼了。

方桦看了看森子，不由一阵坏笑。“哎呀！还是领导面子大，我们这么知名个校花级人物给你亲自买盒饭去了。羡慕死我了。”

班级里的那群人也都暗自在笑。笑他们的班长杰子今天怎么这么反常。她可是向来谁都不点的，可是怎么对这个森子就如此热情呢？而且还亲自下楼买饭去。刚才还是别的同学给她买的饭呢！这其中，那个练舞蹈的男生一直无动于衷，抱着膀子，在那里死死盯着森子看。

噔噔噔！一阵急促的上楼的声音。

真是迅速，原来是杰子手捧着用塑料袋子装着的盒饭上来了。杰子把盒饭放到了门口旁边的桌子上气喘吁吁地说："就剩这一盒了，是鸡肉的，不知道你爱不爱吃。可以的话就快吃吧，否则就凉了。"

森子还在那里很不好意思地说："这这这——，"方桦走上一步，拿起来说："那好，我替领导拿着，回班级去吃。不影响你们排练了。"

说完给了森子一个眼色，率先走了出去。森子冲杰子和大家挥了一下手跟了出来。

边下楼，方桦边说："你得给人家大小姐一个面子啊！全校中有几个能有你这样的待遇？"

"唉！你有所不知啊！"森子叹息一声。

"看得出你好像在躲避人家，为什么？我听说这个女孩子可不简单。现在全校都知道她能歌善舞，长得又这么漂亮，被评为新一届校花，背后追她的可不是一个排了，应该是一个师，一个军了。人家现在对你好，你还不应美出鼻涕泡了。"方桦一边把盒饭递给森子一边打趣道。

"人是不错啊！但是我总觉得她太复杂了。女人是祸水啊！森子叹息说。"

"你这么说证明你是没信心征服她，把握她。也怕影响不好，怕脑袋上挨包，对不对？”这方桦真是有洞察力，步步进逼。让森子内心一阵阵冒冷汗。

森子不再解释什么。和方桦一拐，到二楼最里面，进了自己的班级。

班级里几位女生正在练习新疆舞。阿丽也在里面。森子扫了一眼，除了阿丽还有个小调皮，就是她的小同桌——小梅！小梅长得很小巧可爱，尤其一双大大的丹凤眼很是精神。

课桌都也被摆放到了四周，女生们在中间的空地上练习着。在前面做示范的是在周末舞会上邀请森子跳舞的霏霏，她一身紧身打扮，全身线条非常突出。

一看森子进来了，霏霏让大家稍微休息一下。

森子对大家喊道：“大家辛苦了！”

女生们都笑着，说：“我们不辛苦，领导辛苦。”

“哎呀！班头，今天没去约会呀！”小梅边凑过来边笑嘻嘻地对森子说。

“小东西别跟我胡闹！快好好练你的舞蹈。”森子小声说。

“哈哈！看你吓的。”小梅边说边转身到旁边的桌子上拿起一瓶矿泉水喝起来。

阿丽和霏霏也一起走过来了。

“哎呀！是不是知道我没吃饭呢？太令我感动了。”霏霏看到森子手里端着盒饭便打哈哈道。

“你真没吃？那给你吃吧！”森子一伸手把盒饭递过去说。

“哎呀！我哪有这福气！”霏霏白了一眼森子说。

大家不由笑了起来。

“好，你们练你们的，我要进膳了。”森子便说说边走到最里面，把盒饭放下，拉过一个椅子，坐了下来。

“大哥，杰子这几天，天天问你呢？”阿丽转到旁边悄声说道。

森子没有言语。把饭盒打开，掰开了方便筷子，扭头对阿丽说：“这盒饭就是她给买的。”

阿丽一愣，随即似笑非笑地看着森子，“好啊！你这家伙，说，暗地里已经都这样了，还瞒着我——”

森子也没说什么，低头开始吃饭。

“对了，班头，我们急需一个录音机，放伴奏带。我家的喇叭坏了。”霏霏走过来说。

“好，我想想办法。”

“最好今天就解决，时间很紧张啊！”霏霏催促道。

“这录音机上哪里去弄呢？班级里本市的学生早都问过了，没有，这怎么办呢？”森子咀嚼的速度也慢了下来。

森子捏了一把鼻子，突然想起一个人来。

第三章

风波不断

这个人就是宋哥。说起这个人身份很特殊，他是个修鞋匠，三十来岁，来自内蒙古，腿部有残疾，少儿麻痹症。他的小修鞋屋就搭建在离学校不远的十字街口。

森子常去修鞋，刚入大学没多久便和他混熟了。这个人，为人和善，要价非常低，手艺也很好。森子常介绍同学来捧场。

宋哥到这个城市五年了，他是想自己出来闯闯，结果还不错。生意一直很好，结果把弟弟也带过来了。他拿出自己的积蓄给弟弟在这里的一个服装市场租了一个床子，倒服装。干得也不错，听说他弟弟已经在这里处了对象。

森子有好几次都被邀请到宋哥的家里打牙祭。那是他租来的一个平房，里面也就 15 平方米。很艰苦，他攒的钱要么寄回家里给父母，要不就是借给弟弟做生意了。

因此森子特别敬佩他。森子曾写过他，那是一篇小散文，题目是《我敬佩的小鞋匠》，就发表在本市的晚报上。

森子还在报摊上买了一份，送给了宋哥，宋哥激动得不得了。从那以后来森子修鞋一概免费。宋哥还经常邀请森子到家里撮一顿。宋哥也从同学们口中得知了森子在学校里是个大才子，因此他们彼此都很尊重。

宋哥也多才多艺，唱歌很好听，每次来，宋哥都会跟着录音机里唱。什么老歌新歌，全都会。

因此，森子一下子就想到了宋哥的录音机。

“既然这么着急，那你跟我去取吧！”森子对霏霏说。

霏霏忙走到旁边的桌子旁，拿过自己的红色小棉夹克，穿在身上。

森子胡乱的又吃了几口。“来，我处理后事，你们快去吧！”方桦示意他收拾。“还是我来了！”阿丽这时候，已经开始拿过筷子，把吃剩下的一半的米饭和剩菜倒到一起。

“好的，麻烦你们了。我们走吧！”森子冲霏霏一点头。

看看手腕上的石英表，七点多了。这个时候宋哥应该收工了。入冬了，天黑得早，宋哥一般都坚持到在六点半收工。

宋哥住的地方离学校大约步行十五分钟。

一路上那霏霏说笑着，蹦跳着，像个小麻雀，很是兴奋。而森子则一直不动声色地走着，微微点着头。

这一片是平房区，进了一个胡同，走进去十多步就看到一个漆黑的铁门。森子用拳头砸了几下。

过了片刻，就听见里面有沉重的脚步声。门吱呀一声开了。宋哥拄着一个拐棍，笑吟吟地站在了门口。宋哥面部黑红，个子不高，但是嘴角堆着笑意，一看就是非常和善。“我就知道是你。你已经好一段没来了。”宋哥歪头一看，“还有一位美女，快进，外面冷。”宋哥身子一闪。

“这是我同学。”森子边说边让霏霏先进。

宋哥回身把门推上，跟了进来。

没想到，森子和霏霏一进屋，便看到了阿力。

阿力正坐在炕边上，炕上的小长方桌子上放着几碟小菜，不用说，两人在喝酒。

森子和阿力彼此都是一愣。

这不奇怪。森子和阿力以前刚入大学时候还是形影不离，修鞋的时候自然也在一起，这样阿力和森子两人和宋哥关系都很好。以前经常是阿力和森子一同来这里。只是这半年来不是一起来了。

阿力一看到森子，又扭头看了看霏霏，很勉强说了一句："你们也来了。"

“来来来，这下热闹了，你快上炕里，我们来几杯，这位美女来什么？要不给你出去买瓶饮料？”宋哥热情地说道。

“谢谢叔叔，我什么都不喝。”霏霏很有礼貌地说道。

“那你坐吧！”宋哥说完，回身拽过来一个板凳放在了霏霏面前。

“宋哥，今天来有点事，要借你录音机用用。我们排节目。”

“好，你拿去用就行了。”

“今晚上就急着用呢”

“这么急？好。”

宋哥边说边把拐杖掖到腋下，支住身体，伸出胳膊，从炕头把录音机拽了过了。

森子忙接过来，把插头缠了一下，就拎在了手里。

“用不用带子，我这很多。”宋哥一指地桌上的一排磁带。

“我们需要的是舞曲。”

“喔！那我没有。”

“好，宋哥，我们晚上还赶着排节目，我改天来喝酒。”森子边说边示意霏霏走。

森子冲阿力点了一下头。这期间，阿力一直在独自低头夹菜，喝酒。

宋哥把他们二位送出门口，突然附在森子耳边说：“你和阿力是不是有事？好久了，我感觉到你们有点不对劲儿。”

森子笑了笑：“宋哥，没事！快回去喝酒吧！”

宋哥没再问什么，只是要求森子休息时过来喝酒。

拐出了胡同，霏霏突然问森子：“你知道我今天为什么没和阿力说话吗？”她这一问森子才想起来，他们是没有打招呼。按理说，他们都在一个班级里呆过，应该是很熟悉的。

“我们处过一段，但是他对我限制太多，不允许我和男生说话，我最讨厌他这种大男子主义，和他在一起我太压抑了。处了不到一个月就分开了。”当霏霏说出这些时，森子真是叫苦不迭。本来还希望和阿力有所好转。结果今天森子竟然带着一个刚刚伤害了阿力的女孩出现了。按照阿力的多疑和逻辑推理，估计又会被阿力误解，因为在阿力眼中，别说在中文系就是在全校，也就森子和他有些竞争力。

上帝真是会开玩笑啊！森子仰头慨叹。

“我觉得他太过狂妄自大了。”霏霏道。

森子只顾走，也不言语。

班头，她们都该散了。霏霏看了看手表说道。

“那好，明天再说吧！这个录音机我先拎回宿舍，明天我拿到班级里给你。”说完，森子提着录音机便想转身向学校走。

“站住，你这人怎么这样！”霏霏大声喊道。

森子一下子愣住，转身。

路灯的昏黄下，看见霏霏站在那里，歪着头气呼呼地盯着自己。“都这么晚了，你让我一个人往家走啊！还风流才子呢！一点怜香惜玉之心都没有！”

待霏霏说完这句话，森子才明白过来，不由笑了。

以前听霏霏说过，霏霏家离学校不远，步行大约二十多分钟吧。这么晚了让一个女孩子自己往回走，的确有些不妥。何况这是在给班级办事。

“好，走吧，我送送你。”森子伸手示意让她带来先走。

“这还差不多，像个男子汉！”霏霏扔来一句。

十一月份的北方夜晚，温度很低了。大街上行人也是寥寥无几，街面上泛着清冷的光。两个人并排走着。

“班头，我能不能问你一个私人话题？”

森子没说话。

“你为什么总不处对象呢？是不是早就有了？”

森子摇头。

“那为什么？”

“我家是农村的，我现在的任务就是好好学习。”

“处对象就影响学习吗？”

“嗯！因为我没那么多时间。”

“借口！你们男人都这样。”霏霏扭头看着森子，用鼻音哼道。

森子没再说什么。

“其实我很喜欢你，但是你为什么总是对我敬而远之？你是不是一朝被蛇咬十年怕井绳啊！”

森子知道她说的意思。他心底也隐藏着一个小隐痛。那是在大一，森子和班级的一个叫作帆的女孩子曾有过一段刻骨铭心的爱恋。但是后来还是分手了。所以森子现在对这类事情很是谨慎了。森子不愿提起这个话茬，于是岔开话题。

“你？可怕的女人！你究竟想伤害多少个男人？”森子歪头，半开玩笑地看着霏霏，说道。

“那处一段没感觉了，我为什么还要欺骗自己呢？”

森子听了真是又好气又没办法。对于霏霏的随意抑或说前卫，森子很是摇头。

“欺骗自己，也就是欺骗别人吗！”霏霏又补充道。

这句话说得蛮有哲理。森子想。

“对了，我一直想说，你好像是刻意的，在对待男人方面，说得严重点，似乎总是在玩弄情感！”说出这句话时，森子突然感觉有点重了。刚想再解释一下，不料霏霏笑了笑说道：“我不是在玩弄感情，我是想痛恨男人！”

听了这句话，森子不由倒吸一口凉气。

“我原来有个好姐妹，她叫圆圆，是我的邻居，我们从小便形影不离，我们是出名的两个调皮鬼。可是，在上初一那年突然发生了一件事。”

说到这时，霏霏沉重地叹了一口气。

“她出事儿了，那天晚上就她自己在家。有人敲门，是一个陌生男人，圆圆一看不认识，就想关门。不料那人却一下子闯了进来。那人掏出刀子，叫圆圆不要喊，然后便让她把家里的钱翻出来。圆圆吓坏了。把家里的抽屉里、柜子里的几百块钱都找出来给了他。不料那人拿到钱后却没有马上走，反而欺负了圆圆，那时候，圆圆早被吓傻了，哪还能反抗——”

“坏人一直没找到，却害了圆圆一生。整个小区都知道了这事。从那以后，变得越来越忧郁，连我都不理了，后来到初二的时候，他们全家都搬走了。”

“自那以后，你就非常痛恨男人！所以现在是在不屑男人的感情！”森子接过话茬说道。

霏霏扭头看看森子，点了点头。

森子突然感觉到这个霏霏像某些电影里的角色，专门报复男人！但是这种论断放到这样一个二十来岁的女孩子身上，简直不可思议。

“难道一个人犯了错，所有的人都要替他承担吗！”森子反问。

“我不知道，反正我喜欢男生被我踹的感觉！阿力我知道和你关系好，所以我饶过他了。”

“为什么和我关系好就饶过他？”

“我不知道，反正我觉得你和别的男人不一样。”

说到这，霏霏抬起闪亮的大眼睛，盯着森子的眼睛。森子笑了笑，“过奖了！”

“你是那么优秀！我对你只有崇拜的份！”霏霏说。

“别！快到家了吧？”森子估计差不多了。

“过了这个红绿灯，再向右拐就是了。”霏霏向前一指说道。

这是个新小区，和霏霏刚到小区门口，就见门口处停的一辆黑色轿车响起一阵喇叭声。车灯开得大亮。车门打开，下来一个男人，瘦高的个子。向门口走过来，霏霏突然拽了森子的袖口一下，“一会儿你不要说话”。

霏霏快走了几步，“你怎么来了？”

“我快等了一晚上了，学校、家里都找遍了，你到哪儿去了？这个家伙是谁。”那个男人一身黑夹克，抱着膀子，指着手里拎着录音机的森子问道。

“这是我们班长，他陪我出去借录音机去了？看天太晚了，我才求他送我回来的！”霏霏忙解释道。听口气，好像有点惧这个人。

“录音机？没有咱不会买一个吗？才几个钱？”

“哎呀！不和你说了。”霏霏边说边回过身对森子说：“班长，好了，多谢，你回学校吧！”

说完，打开车门便钻了进去。

那男人回头又盯着森子看了一眼，也钻进了车里。之后，开车疾驰而去。

森子呆立半晌，看年龄不像他父亲，但是听语气更不像他哥哥。这个男人到底是谁呢？这么晚了，霏霏又要去哪里呢？

森子慢慢在大街上向回学校走。

今晚和霏霏的一番谈话，让森子回想起眉。眉是谁？她是森子的一个痛。每每想起就充满内疚。

那还是在高一的时候，有一天课间森子收到一封来自山东的笔友来信，刚一拆开就掉出一张相片。一个正在上卫校的女生，站在一株梧桐树下，向他微笑。吓得他赶紧收到桌堂里。

信纸很精巧地折成了心型，她叫魏眉，正在当地读卫校，从杂志上看到了森子的一首诗歌，很是喜欢就按照下边的通讯录寄来一封信，想交个朋友。

森子接到很多读者来信，第一封信就夹带相片的还是第一个，森子感觉到这个女孩的坦诚和有趣，当晚利用晚自习时间回了信。

很快又接到了女孩的来信，这次又夹了长照片，在月季花前，非常明媚。女孩非常激动，说自己来自山东章丘，希望他过来玩，当然也希望能收到森子的照片。

森子为了照相，从同学那里借来一套西装。

眉收到后，马上又回信，说森子就是心中描绘的样子：戴眼镜、高个头，非常有气质——

就这样，森子和眉书信开始频繁来往。后来快暑假的时候，眉给森子寄来一盘录音带。森子从同学那里借来的小录音机，当晚在宿舍里捂着被窝激动地开始听。

“森子哥哥，我现在正趴在宿舍的被窝里给你录音，她们都回家了。就剩我自己了，本来我也想回家的，但是为了给你录音，我就留下来了，宿舍里很空洞，我有点怕，但是一想到你我就不怕了……”

“你的相片我贴在我的床头了，我的舍友们都夸你帅气呢！都说让你来，让你请客……森子哥哥，我真的很想见你，我真想现在就飞过去……”说着说着，眉的声音就哽咽了。

森子听得酸甜交织。也有立刻就去见她的冲动。

但是，森子哪里有钱去看她？

接下来也就只能鸿雁传“心”了。

就这样，两人一直保持着书信联系。当然，两人的书信的内容越来越“黏糊”。

眉几次都说想过来看他，但是森子都阻止了。因为森子还有大学梦，森子不想因此耽搁学业。

森子高三，学业正忙，眉却面临着幼师毕业。

因为宿舍通电话方便了，眉几乎每周来一次电话。

眉明显着急了，想到北方来看森子，但森子拒绝了，因为森子要珍惜学业，不想太分心，对未来有了更多的设计，不想有太多羁绊。

虽然舍友们都催他，让他赶紧给约过来，但是森子没这个心思。

有一段，大约两个多月，眉那边没了动静。森子也没主动联系，“先放一放，冷静一下吧！”森子告诉自己。

宿舍的舍友感觉奇怪，都问他到底怎么了？

森子只是微笑。

那是那年 6 月份的时候，森子接到了眉的一封信，也是最后一封。

这封信一打开，一共就两页纸，也是心形的。第一页触目惊心，竟然是血写的，就几个字“我好痛”。森子急急地打开另一页，“森子，你为什么总是回避我，我想把自己的一切都留给你的……”森子看到这里吓坏了，以为眉寻了短见。

森子急急地向下看，才明白是怎么回事：“我家里给我介绍了一个对象，是政府的，很优秀，但是跟你差远了，谁也取代不了你的位置。他总来看我，那天宿舍里就我一个，他抱住了我，我没有反抗过他，我有什么办法，我总得结婚呀……但是我恨你，你为什么总是不来……”

森子看到这里，握住信纸，昂起头，紧闭双眼，内心五味杂陈。

森子当即铺开纸，写满了内疚。

但是最终，他没有把这封信发出去。

那以后，一直没再联系。森子只在心里默默祝福。

过年回家，他会翻出一个小木箱子，翻一番那几盒磁带和一箱信件。默默无语。

今晚听到霏霏提到她的闺蜜的事，不知为何，竟让森子想起了高中那一段疼痛，那一段青涩的经历。

回想起来，那时萌发的情感如风，来得快，去得快。就像他在自己诗歌里写到的“那一束稚嫩的情感，终究经受不住阳光的轻轻拨弹”。

森子回到宿舍的时候，方桦正在等他。说据可靠消息称最近

学校将要进行两项大活动。一是对某些重点的入党积极分子要进行外调了，年前要发展一批党员。二是校学生会的各个部长要重新选举。让森子抓机住会，注意这一段的言行。

森子当然会在意这些，无论入党还是进入校学生会锻炼自己都是森子的目标。森子之所以有这个雄心壮志，主要是受他二伯父的影响。他二伯父在他们村子里是书记。森子自小就喜欢到二伯父家玩。一个是他家比较富裕，总是有好吃的好喝的。更重要的是二伯父总是能够给他一些人生方面的指导和激励。二伯父曾参加过抗美援朝，是老革命了，也是一个出色共产党员。在他们村，二伯父的口碑特好，很多人都把他视作自己的救命恩人。

二伯父终生无子女。据说在七十年代初，作为村长的二伯父大胆开仓放粮，把村里的余粮都分送给有孩子的人家。“苦了谁，都不能苦了孩子，一定要下一代健康成长！”二伯父威望相当高。当地的县长都经常来看望二伯父。

就是因为他性格过于耿直，不会拐弯也得罪了不少人，否则早被调到县里做大官了。“他就猪心一个眼儿”二伯母常这样数落着伯父。

二伯父一直是森子的人生导师。他要求森子要上进，要心胸开阔，要广交朋友，在大学要加入学生会，要尽量入党。抓住一切机会锻炼自己，交一些真正的有追求的朋友，逐步提高做人的档次——因此，森子一直很努力。

方桦走后，阿龙便拿过来一张稿纸说：“我们的大诗人，帮忙写封入党申请书。”一听说阿龙要写入党申请书，上铺的曹小文一下子探出头说：“你一天就知道动拳脚，十足个暴力份子，还想入党啊！”

“动拳脚怎了？我们班主任让我写的，他可是给我一些暗示呢！呵呵！”阿龙笑呵呵地说。

“那我也请人写一份，看我们谁能入上。咱们来个内部竞争。”曹小文一副不服气的样子。

“来来……我给你们写，只要请我一顿酒、给我买盒烟就行了。”一阵非常混浊而且略显得发憨的声音传来了。

这是阿文。他推门进来了，就在隔壁住。

阿文来自云南彝族，文笔很好，在高中阶段便连载过长篇武侠小说，在当地的《昆明日报》上经常发表一些武侠评论。加之长得人高马大，同学们送他外号叫作“陈大侠”。

这家伙一旦动起笔来，便会买来白酒和几盒烟，不过他的嗓子听起来总是呼噜呼噜的，都是抽烟抽的。“无烟无酒便无文章”。这是他老人家的座右铭。这样子，跟古龙有一拼。

阿文在文笔上他还就比较佩服森子。班级里他比较有个性，一般人都不点，包括班主任，但是就是听森子的。

在他的口中，森子就是他的老大。

他这一来，要么是惹事了要么就是要借钱。森子心想。

“老大，我们几个哥们最近办了一份报纸，他们让我跟你约稿子，有点创刊祝贺的意思便可！”阿文说。

“这是好事，没问题。”森子应承到。

“那明天到班级再给我吧！”阿文道。

“好的，不在乎文体吧！”

“对于你这样的大腕，自然随意了。”阿文嘿嘿笑道。

几天之后，这报纸出来了。报纸的名字很有力度，叫作《狂飙》。是几位同学自行发起的，印数 300 多份。森子还是很支持他们的，这是一种追求。森子给他们写了一篇热情洋溢的散文诗被刊登在头版上。不料就是这篇文章惹了祸！

那天下课后，班主任薛老太太很神秘地把他叫了出来，一直走到楼下，到操场上。她四周看了看，从袖口了竟然掏出一份报纸，就是《狂飙》创刊号。

她把褶皱的报纸展开，直接就把手指按到他写的那片文章上，“你看你看——天空实际上已经阴霾了许久，它呼唤着一把刀子，它呼唤着一种气候，抑或海啸和风暴！……你这不是反动吗？这多影响你入党啊！”

森子听了好气又好笑，不就是一篇散文诗吗？怎么和政治扯上了！这可不是“文化大革命”时代了，再说这哪有那么复杂啊！毕竟薛老师还是一片好心，可能是年龄太大了，想得比较多。

森子只好极力地解释了一番，最后薛老师总算明白了一些。但是她还是提醒森子最近可要注意一下自己的言行举止。“你在学校里可算是号人物，大家都看着你呢！”末了，薛老太说。

中午放学的时候，阿丽塞给森子一封粘好的信封，是杰子写的，意思是说，他还没给他答复，但是她会认真地等他。这些天她知道学校要发展党员，学生会也面临重新选举。所以，杰子说先不打扰他，不影响他，但是，他会在背后默默地关注他，支持他。

森子看完，突然记起，那天晚上曾对杰子说要考虑一下。当时只是推托，过后便忘得一干二净。仅仅跟杰子来往了几次便被人威胁、跟踪，森子觉得事情这么复杂，所以早就不想考虑了。但是，森子总隐约觉得这个杰子是个很执着的人，看来还是要慎重。过了这一段再说吧！森子想。

这些天晚上，各班级都要进行节目排练，要求学生会人员要照应一下。森子和学生会的一些成员在教学大楼里每天都会随意转一圈。

这天晚上，森子从四楼直接下到了二楼，刚下了楼梯，身后有人叫："老丁啊！"浓重的四川口音。原来是现任校学生会宣传部长姚启发。他从三楼楼梯正在往下走，边走边在招呼森子。

"老姚啊！有何指教啊！"森子回身应道。

姚启发走了过来，拍了拍森子的肩膀说："干得不错啊！晚上有时间吗？出去坐坐！"

"领导有事情吩咐，在下自然遵命。"森子很痛快地答应了。

"那好，咱们今天早点走，十分钟后，我在校门口等你。"说完姚启发转身下了楼。

这个姚启发来自四川绵阳，在森子眼中，他口才蛮好，书法也好。记得去年春节，这家伙就挨个班级挥毫泼墨，写下一个个大大的"春"字，非常漂亮。平时学生会工作，森子也会和他胡侃乱拉几句。

前些日子，他请几个学生会的好像出去打过台球，有森子一个。"很会做领导的，通过一些小事情团结大家，蛮高的！"森子这样想。

这是校门口附近一家小酒馆。

姚启发和森子坐在临窗的位置。两人点了一瓶白酒。一开始姚启发对森子大家赞许，后来就试探森子是否想“继续前进”。森子自然明白他的意思，森子的前面就是校宣传部长也就是他现在的位置了。他早有续任的意思。在这所学校校学生会宣传部长的比学生会主席的影响要大，这个地球人都知道。

看来，这家伙是在试探我的虚实啊！森子想了想说：“我知道我还需要跟您多学习啊！”森子含糊地搪塞过去了。

“那你也的多支持我啊！”姚启发举起酒杯。

看来是要拉选票了！森子暗想。

“哎！对了，你听说过英语系的那个什么杰的女生没？”姚启发问道。

森子听后一愣，这家伙是不是探听到什么风声了？可别在他手里落下什么把柄。学校规定学生会成员是不许处对象的。幸亏我和杰子没什么。

森子看了他一眼说：“似乎听说过。”

“你觉得她怎么样？”姚启发问。

“我，我不太了解。”森子边摇头边答道。

“她前两天找我了，请我吃饭，哈哈！”姚启发提起这事情似乎很得意。

“她请你？你们认识？”森子有些不解。

“认识个啥子啊！估计是看我蛮帅的，想追我，呵呵！”姚启发用浓厚的四川口音说。边说边向后用五指做梳，向后拢了拢油光的大背头。

“嗯！像你这么英俊潇洒的人物，这种绯闻太多了。以后我在校报上为你辟个绯闻专栏吧，哈哈！”森子开玩笑。

“闹啥子闹，那我可就晚节不保了。”姚启发打哈哈道。

“那女孩子，好像要进学生会，跟我打听这次学生会选举的事情呢！”

“她要进学生会？听说是班长，有这个条件了。”森子说。

“好了，不提这个了，咱们喝酒！”姚启发一挥手说。

喝完之后，两人都附近的台球厅打了几杆台球。森子请的客，虽然很心疼，但是对于姚启发这样的心机高手还是要慷慨一些的好，森子心想。

森子回到宿舍，阿龙、小良、曹小文也早都回来了。都穿线裤、线衣趴在床上侃大山，被子都蹬到一边。宿舍里的暖气非常热，大家只要回宿舍一般都马上脱衣服。一看森子回来了，大家竟然开始鼓掌！弄得森子很纳罕。

小良坐在下床的床沿上，唯独他穿着黑色背心，胸部的肌肉块依然那么发达，一看又是刚举完哑铃，面色红润。小良用拖鞋蹬着窗边的桌子橙，一副羡慕的神情说“真是命好啊！这么一个大美女天天是如此之关心你呀！”说完，冲桌子上一指，还向那里努力地嗅了嗅。

森子转身一看，桌子上是一个超市用的白色大塑料袋子，里面好像装着东西。

“这是什么？”森子奇怪地问道。

“打开看看不就知道了。”曹小文这时趴在上铺，嬉笑着说道。

森子把袋子打开，好家伙，全是好吃的，一盒烧鸡，表面紧紧包裹着一层薄膜，几根火腿肠，还有一袋子麻辣花生。

“这、这是什么意思？”森子很是奇怪。

“一个美女送来的了，好美啊！可惜见你不在，坐了一会便走了。你好运气阿！”小良说。

什么美女？

“长发披肩，小脸长得像周慧敏。”阿龙补充道。

森子一下明白了。是杰子。森子很是疑惑：她这是啥意思？

“还不明白？关心你，看你操劳，给你补身子呗。”曹小文说道。

森子摇头“不行，无功不受禄，我明天得给他送回去！”

“明天，明天就变味了，今晚上就得解决掉才行。”小良笑呵呵地边说边俯下身，竟然从床底拽出一瓶啤酒。

看来这是早就准备好了。这几个家伙！森子想到。

“感情你在外面潇洒完了，我们可是好几天没犒赏胃了。”小良吸了几下鼻子，显然是早闻到了森子满身的酒气。

“就是阿，屋里这么热，放一宿肯定就馊了。你也别总是虐待自己了，也该找个女孩子疼疼了，这些天小良子都开始行动了。”阿龙说。

“反正也送来了，不吃也是个扔，以后不行我们可以买了还她呗！”小良说。

“好！兄弟们！来，你们这些馋猫，如果现在不吃，半夜也不会放过，明早起来呀，会连根骨头都不剩！莫不如我先做个顺水人情！”森子边说，边把烧鸡身上的薄膜撕了下来。一股香气顿时弥漫开来。

森子向外拿这些东西的时候，在最低下发现了一封信，叠成心形，森子打开，是杰子写的，说看到森子很辛苦，希望他注意身体。这一段她不会打扰他，希望杰子心想事成！

“还有情书呢！”三个家伙，酸溜溜地说着，之后立就围过来。一个个伸出魔爪，可怜一个烧鸡，顿时变得四分五裂。

正好四瓶啤酒，一人一瓶，小良张开那铁嘴钢牙，把瓶盖一一启开。

森子倒是不太饿，而另外三个则一顿狼吞虎咽。不到二十分钟，桌子上已是狼藉一片。小良还算勤快，找出一张小报，把桌子上的东西一包，塞到了那个塑料袋子里。

临睡前，阿龙问森子这两天那个修鞋的宋哥出没出摊，说他那双运动鞋开胶了。

第二天一早，在森子巡检到杰子班的时候，森子特意看了一下杰子，冲她微微点了一下头。杰子兴奋得咬住了嘴唇。

中午的时候，森子一放学便回宿舍，把阿龙的运动鞋拿出来。送到了宋哥那里。到那里的时候，碰到了两个女孩子，是高中学生的样子。其中一个略胖，但是看着很老实、纯朴。还帮助宋哥接客人呢！

森子小声问是谁，宋哥很神秘的一笑地说改天会告诉他。

宋哥说活忙，让他放学来取。

但是，放晚学后，宋哥的修鞋屋竟然锁门了，才五点，宋哥可能今天有事，那就明天来取吧，反正阿龙说也不急。

正好晚上还有周末舞会，森子边又急匆匆地回到学校。

晚上周末舞会。里面的士高声响起，森子和方桦来到了舞厅门外。森子伸手揩了一下额头的汗，里面学生多，加上暖气，也真够热的。

“对了，李白那首《将进酒》怎么背了？中间部分我怎么忘了？昨天写个东西，愣是想不起来了。”森子问方桦。

“你说这首诗啊！这首诗太豪迈了，我就是先爱上这首诗之后才爱上酒的，现在我是逢酒必吟啊！这样我从头给你背——君不见黄河之水天上来，奔流到海不复还；君不见高堂明镜悲白发，朝如青丝暮成雪。天生我材必有用，千斤散尽还复来。岑夫子，丹丘生，将进酒，杯莫停……古来圣贤皆寂寞，唯有饮者留其名，五花马，千金裘，呼儿将出换美酒，与尔同销万古愁！”这老家伙果然厉害，摇头晃脑，如醉如痴！

“好了，厉害厉害，不愧为我们的百科全书啊！”森子对方桦竖起大拇指！

“哪里哪里！全靠您老人家栽培！”方桦拱手说道。

两个人有一搭没一搭地聊着。“你看那边谁来了？”聊着聊着，方桦突然指着对面。

原来是阿丽、杰子还有一个男的。也就是阿丽的男友。

“你们也来跳舞啊！”待他们走近，森子问道。

“我们才对这个不感兴趣呢！某人想过来看看了，知道你肯定在嘛！”阿丽凑过来调皮地说道。这时候，就见杰子低下头，脚尖使劲地搓着地，之后抬眼偷瞧了森子一眼。

“臭丫头片子，别瞎说。”森子瞪了阿丽一眼。

阿丽马上过去，挎起杰子的胳膊，摇晃了几下，娇滴滴地说：“姐姐，姐姐，有人欺负我，你帮我啊！”

“好，打他，打他，告诉我谁欺负你了。”杰子顺水推舟说道。

“就是他、就是他！”阿丽伸出小手，指向森子。

“好，我替你报仇。我替你掐他。”说完，杰子走过去，装模作样地狠狠“拧”了森子的胳膊一把。

吓得森子后退了好几步。逗得大家哈哈大笑。

森子，伸出手，好像很痛苦地揉了揉。“这家伙，劲道还真不小，真拧啊！看来是让他们给算计了。”森子真是哭笑不得。

抬眼看，杰子歪头盯着森子。那样子仿佛是说，谁叫你不理我了，哼哼！这还算是轻的呢！

“好了，某人的愿望实现了，我们该回宿舍休息了，今天练舞蹈练得怪累的。”阿丽边说，一只手挽着杰子，一只手挽着男朋友，转手走了。

“你看，你看，这月亮的脸，满是娇羞和怨气呢！呵呵。”方桦望了望头顶对森子开着玩笑。森子没说什么。

“你好像不太理人家？人家对你够意思了。你看这么晚了，还特意来看看你，多关心你，要是我幸福死了。”方桦都替杰子鸣不公了。

“唉！你不知道，我也有苦衷啊！”森子说。

“你不就是怕影响你入党吗？怎么党员就都是吃素的，党员不也是俗人吗？你们那么世故吗？”方桦大发感慨。

“也不全是！总之——”森子刚说到这里突然就听见舞厅里一阵嘈杂声。森子忙说，赶紧进去看看怎么回事。说完，转身跑进了舞厅。

只见舞厅中间围了一堆人，一个戴眼镜的男生被另一个身材高大的男生扯着脖领子。“奶奶的，敢跟我穷装，也不打听一下我是谁？”只听那个高个子的男生说到。

对面的戴眼镜的男生双手把着那个男生的手，很不服气地说道：“你给我撒开，你以为你是谁？”

“你再说一句，你再说一句？”这时那个高个子男生双目怒睁，大声喊道。“别找事了你！给我走！”一个女生的声音。原来是霏霏在那个高个子男生旁边推他。

又是这个女人！森子心里暗自叫道。“都给我撒手！怎么回事？”这时候森子推开众人大声喊道。

高个子男生这时回过头，头一歪，“原来是宣传部长大人！”又扭头看了看对面那个戴眼镜的男生，“好，今天看丁广森面子，否则要你一条腿，奶奶的！”说完，顺势一推，对面的小男生向后一倾，幸亏被后面的人扶住。

这个高个子男生森子也认识，是体育系的，学校 800 米纪录保持者。平时一向很狂，家也是本市的，据说认识什么黑社会的。在学校了也算是一霸了，向来没人敢惹。今天这个戴眼镜的小男生是怎么惹他了？

霏霏拽着高个子男生钻出了人群，走了。

一打听才知道，原来，跳舞的时候，戴眼镜的男生不小心踩了霏霏的脚。“真他娘的闲的！”森子心里没好气地暗道。

好了，没事了，森子振臂高呼着，“大家继续。”

这个霏霏真是厉害，这是又挂上了一个，森子很是为她头疼。

第二天晚上放学后，森子想起来还没给阿龙取鞋，便急匆匆地直奔宋哥的修鞋铺。没想到，还是锁门。森子很是纳罕，怎么回事？

森子决定到他的住处看看，跑到那里，没想到，又吃了个闭门羹。乌黑的铁门紧锁着。

宋哥没有手机，没法联系，这可急坏了森子。该不是回内蒙古老家了吧？如果走，他肯定会告诉我一声的，不会不会。森子想。

是不是和阿力一起出去了，森子想到这里，忙跑出胡同，找了家电话亭。给阿力打传呼，过了一会儿阿力回话了，森子着急地问他是否和宋哥在一起，阿力说没有。“那你知道宋哥这两天有什么事情吗？”森子问。

“我最近很忙，也没去看宋哥，这样我们分头找找吧！”阿力也显得着急起来。

出了电话亭，森子决定在他家门口等等。

天有点冷，森子在胡同里来回跑动，取暖。

大约半个多小时过去了，森子听到胡同口一阵说笑声。由模糊到近前，定睛一看，是一个女孩在挽着宋哥的胳膊，两人说笑着走近了。

宋哥一看到森子在门口，不由一愣，“你怎么来了？有事吗？”森子没有搭话。看看那个女孩，胖胖的，似乎眼熟，对了，就是那天在修鞋铺帮助宋哥接待客人那个。这人是谁呢？两个人是什么关系呢？森子百思不得其解。

“喔！这个是小马，本市的，我朋友。”宋哥指指那个女孩子说道。

“你好！听宋哥说起过你！认识你很高兴。”女孩子很懂事，跟森子打着招呼。

“你好，你好！”森子笑道。

“哎呀！快进屋吧，太冷了。你赶紧开门。”宋哥赶忙对那个女孩说。

女孩子快走了几步，过去开门。

“我也没什么事，就是取鞋吗！结果连着两天都没见你影！我很着急，便找这里来了。你没事就好。”

“那双鞋早修好了，你明天中午去取吧，要不，让她给你送宿舍去。”宋哥指指开门那个女孩子。

“哦！不用，还是我来取吧！”森子忙说。

门开了，宋哥让森子进屋暖和一下，森子说不用了，晚上还有很多事要忙，便转身走了。

走到胡同口的时候，迎面碰到了阿力，阿力身边还带着个女孩，细高个，森子不太认识。“找到宋哥了？”阿力问。

“嗯，是跟一个女孩子在一起，可能逛街去了。刚回来，在屋里，你们进去看看吧！”森子说。

“好！再见！”两人对话都毫无表情。

森子走出去几步，不由深深叹息了一声。

森子走进校门，伸腕看了看表，八点多了，食堂估计也没饭了，也没什么胃口便直接回到了宿舍，宿舍里竟然插着门，森子敲门。门拉开，闪出阿龙的脸，“怎么挂门了？”森子很是疑惑地说。突然就明白了，从阿龙身后又出现一张脸，凤儿的。

森子斜了阿龙一眼，见到阿龙脸色有点红，心中了然，却什么都没说。

森子从床下掏出一袋子方便面和一个铝的饭盒，放在桌子上，把方便面泡上了。

“你怎么才吃饭呀？”凤儿坐在床沿上问。

“我今天去宋哥那里给阿龙取鞋，结果宋哥收摊了，我就去他家，结果等了半天他才回。阿龙的鞋只能明天给取了。”森子说。

“原来是这事，不用着急，我还有两双呢！再说这两天教练出去比赛了，先不用去练了。现在主要是给她当保镖。”阿龙搂了一下身边的凤儿说。

“喔！真是好差事阿！”森子看着两个人亲昵的样子说。

“对了，广森，你怎么不处一个？是不是要求太高了，要不我给你介绍一个，我们宿舍的，长得特俊，家是大连的。”凤儿对森子说。

“行了，你别咸菜萝卜淡操心了，人家身后跟着一个连呢！我们哥们，就是不愿要而已！”阿龙扭头看着凤儿说。

“对了，最近听说一个校花级人物在追你啊！啥时领来让我看看，让我帮你把把关！”凤儿笑着说。

“呵呵！别听他们瞎说啦。”森子笑道。说完，打开了饭盒，开始吃面。

“对了，凤儿今天不练舞蹈了？”森子问。

“练，我在等小良，他一会就会来了。”阿龙说。

“等他？”森子不解地问道。

“嗯！这两天有点情况。”阿龙说。

“什么情况？”森子边吃边问道。

“没什么，逗你呢！”阿龙笑笑说。

森子面吃完了，出去到走廊尽头的洗漱间去洗涮了一下，回来后，小良也回来了。接着，阿龙他们便一起出了门。“有事呼我。”阿龙临出门时候，拍了拍腰间的摩托罗拉中文汉显呼机说。

晚上，森子到学校转了转，回来看了一会儿书。曹小文这两天正准备自己的节目。没想到他还真有一手，不知道从哪里弄到一把口琴，这两天回来，趴在床上一个劲地在嘴巴上蹭阿蹭。逐渐还能听出个调了。

曹小文吹累了，趴那就睡了。森子看书，看看时间都十点多了，阿龙和小良还没回来，森子便用宿舍电话给阿龙打了一个传呼。

但是左等右等也没回话。森子靠在床上，加上这两天的累，迷迷糊糊地便睡着了。

第二天一早起床，没想到阿龙和小良的床铺都是空的。

森子又给阿龙打了一遍传呼，等了一会依然没有回话。

森子很是焦急，早上还要安排巡检，上午今天学校入党积极分子要开会，森子只好先到学校。

课间的时候，森子到阿龙班级打听，说没来。

森子又跑回了宿舍。门还锁着。

第四章

另类爱情

中午放学后，森子急忙返回了宿舍。宿舍竟然还是锁着门！

森子把门打开，看到阿龙和小良的床铺都很乱，似乎回来过，忙给阿龙打呼机，让他速回话。等了二十分钟没消息，森子肚子咕咕叫了，蹲下身，向床底下够了够，拽出一个方便面箱子，伸进去手摸了一圈，竟然一袋都没了。森子叹了口气，把箱子完全拽了出来，扔到了门旁。

森子把褥子掀了起来，草垫子上零散地扔着有一元、五角、两毛、一毛的纸币和硬币，森子一下子划拉到一起，抓进手里。

刚直起身，宿舍门一下子被踹开了，原来是阿龙和凤儿。

"你们终于出现了，怎么回事，也不给我回传呼？吓唬我呢！"森子很是焦急又带些气愤地问阿龙。

"出点事儿，我们俩刚才去火车站送小良了。"阿龙说。

"到底怎么回事？"森子急切地问道。

"昨天晚上，我们把两个臭流氓给揍了，没想到有人报警，结果被110给逮着了，进局子了。我最后被放出来了，小良是逃出来的，我送他回老家避避风头。”阿龙说。

原来昨天晚上阿龙叫小良跟他去收拾一个人。

这些天阿龙的教练出去参赛了，这样阿龙便有时间得以对凤儿全程“陪护”。凤儿的舞蹈学习班在一个舞蹈学校的三楼，二楼是练拳击的。前天晚上阿龙把凤儿送进去后，便到二楼门口看那些练拳击的。只见里面有男男女女的互相带着红色、绿色的大手套相互击打、躲闪，并且嗷嗷直叫。一个个胸部都显露出成型的肌肉块，男男女女都很是威猛。看着他们，阿龙手脚直痒痒。站在门外侧身踢腿，也不由地来两下。

不知不觉，到点了，大多都开始换好衣服，其中一个很是威猛，剃着光头的小伙来到门口并没有走，而是就站在阿龙身边，抱着膀子不断地向楼上看，这时候三楼练舞蹈的女孩子也一个个地下来了。

可能他是在等他的女朋友吧？阿龙想。

这时凤儿下来了，阿龙刚想向前，那个家伙突然向前走了几步，挡住了凤儿。“你好，妹子，哥哥我注意你很多天了，今天我送你回家吧？”那个伙计说道。

阿龙一下从斜刺里伸过手，拉住凤儿，转头狠狠地盯住那个家伙，那个伙计一看，歪起脑袋，也盯住了阿龙，表情充满挑衅的味道。两个人的目光就这样狠狠地搅和、拼杀在一起。

阿龙握起的拳头咯咯作响。而那个人明显比阿龙高出两头。

“走！阿龙！”凤儿用力拉了阿龙一把，把阿龙连拖带拽的弄下了楼。出了训练馆，阿龙对凤儿大发雷霆。问凤儿到底是怎么回事，凤儿说那个家伙每次都站在楼梯口看她，很恐怖。

以前阿龙只是在楼下等凤儿，所以对此一无所知。“我怕你发火，再惹事，所以没敢跟你说。”凤儿低着头跟在阿龙身后很是无辜地说。阿龙不说话，推着自行车，呼呼地向前走，凤儿在后面小跑跟着。

回来后，阿龙便找小良说了这件事。小良属张飞的，说到这事就是两个字：干他！这两个家伙便一拍即合。于是昨天晚上，把凤儿送上去之后，在二楼门口阿龙指了指昨天晚上那个家伙，由小良先出面，进去给叫了出来。说楼下有人找，那人问小良楼下是谁，小良没说话就在前面下楼了。

那家伙便摘着红拳击套边随后下了楼，阿龙从后面跟着也下来了。

小良一直在前面走，这个家伙看来胆子也不小，一直跟着。出了大厅的大门，院子里小良向左拐，那里是自行车棚，光线不太亮。

走了几步，小良停住脚步，回过身，那个伙计也停了下来。这时阿龙抱着膀子站在了他的身后。

“是我们找你，明白怎么回事吧？”小良指了指阿龙问那个人。

“别穷装，你有话就说，有屁就放！”真是有胆量，这个伙计音量陡然增大。

“今天老子就是想教训教训你！”小良边说，一拳便打了过去。看来真是练家子，这家伙向右一侧头，同时侧身，小良的拳头扑了空。

小良恼羞成怒，回过身，一腿便扫了过来。小良练过跆拳道，这一腿非常有力度。但是这家伙又一个侧身，让这凌厉的一招又扑了空。看来这练拳击的很善于躲闪。

小良是个驴脾气，这下更火了，嗷嗷叫了两声，转身又要攻击。阿龙突然晃过来，挡在了小良身前，说了句，“小良冷静！”随后，盯住那个家伙的眼睛说道，“伙计，咱们昨天见过面。我们只想警告你，以后老实点。”

没想到那家伙嘴角一撇，骂了一句，“奶奶的，你们是谁，敢跟我斗！”说完，一拳搂头便过来了，看看要打到阿龙的左胸部，没想到阿龙竟然不躲不闪，看得小良一声尖叫，“阿龙！”

看看这呼呼生风的拳头马上就要挨到衣服，阿龙陡然一缩肩，一收胸，右手快如闪电扣过来，一把钳住对方的手腕。说时迟那时快，阿龙叼到手腕后顺势一拧，只听见对方的胳膊的骨头咔咔作响。

而对方这时就像一个大狗熊，一个闷哼侧身摔倒在地。不愧是练家子，只见他一个翻身，单膝点地，一下支在那里。左手一下抓住右手腕。行家一看就知道，右胳膊已经脱臼。这家伙狠狠地咬着牙。看着对面的阿龙和小良。

小良都有些吃惊，因为以前总是听过阿龙会两下子，一直未曾亲眼领略，今天才真是大开眼界了。

两个人一步步走近，那个伙计盯着两人，使劲咬紧牙关。

阿龙和小良在他身前停了下来。阿龙抬起了左手，一下抓过他那只脱臼的胳膊，那人刚想再动，阿龙怒声吼道：“别动！”之后把手掌拖住他的肘关节，轻微捏试了一下，右手放在他的臂弯处来回抹挲了两下，之后换过手，左手置上，右手抓住那人的手掌，把住那人的胳膊陡然来回一晃，猛地一拽，听见骨头喀吧的一阵响。显然，阿龙很麻利地就治好了他的脱臼。

那个伙计站了起来，轻轻甩了一下胳膊，冲阿龙和小良以抱拳。“好！不打不相识，我叫张健，不知二位尊姓大名？”

小良和阿龙报上了姓名，简单聊了两句，最后扯到了凤儿。这个张健听后不由笑了，如果是别人的女友，我也绝对不会放过，但是是你阿龙的我自然不会再碰了。今天结识二位很高兴，一会儿你的凤儿下来，我们出去撮一顿，一是赔罪，一是表示钦佩。张健很是爽快地说道。

在训练馆附近的一个餐厅，阿龙、凤儿、小良、张健四人开始推杯换盏。通过交谈得知，这个张健是个混社会的，和本市的棒子帮有联系，具体什么身份他没说。但是这人为人倒是很爽快，不知不觉地上已经喝出了四五只空酒瓶子了。

言语之中，这人对阿龙很是欣赏和钦佩。

为了回敬，阿龙请张健到附近的歌厅唱歌。这个歌厅只是在大厅里点歌，包房里没有音响，但是可以聊天、喝酒。没想到在歌厅里出了点事，大厅里阿龙他们点完了歌，小良和阿龙一同合唱的时候，旁边有一伙人跟着起哄，一听都喝得差不多了。小良和张健走过去，把他们骂了，小良还掏出随身携带的弹簧刀，在手里耍了几下。

结果把那伙人给吓跑了。四个人唱完歌，又返回了包厢里喝酒。

刚喝了一会儿，突然冲进几个穿制服的警察，直接闯进了他们的包厢，让他们全部站好，之后搜身。凤儿直接就吓哭了。

小良的弹簧刀被搜了出来。直接被两个人给反手推出歌厅。

三个人都跟了出来。歌厅门前的大街上停着一辆 110 警车，车顶的红灯在转闪着。车门打开，小良被两个警察向车上推。这时歌厅里涌出来不少人，开始向这里指指点点。“他奶奶的，被刚才那几个兔崽子给报警了！”张健骂道。

阿龙和张健借着酒劲冲过来，和那两个警察开始撕扯起来。想把小良从他们手中抢过来。

加上小良一直向外挣，警察好半天也没把小良推进车。突然一个警察拔出手枪指着阿龙的脑门喊道：“你们想袭警是不是？赶紧放手。”

阿龙瞪着警察，对张健说：“好吧！”慢慢地松开了警察的胳膊。小良被推了进去。车门哐的一声被关上了。

没想到这事还没算完，两个警察走过来，手里拿着手枪，对阿龙他们大声喊道：“统统上车，协助调查。”

这样就连凤儿也没脱了干系，也被推上车。

在车上阿龙示意大家千万不要说是学生，怕捅到学校不好办。

在警局里，每个人都被隔开了。阿龙的钱包、呼机统统被临时收缴，坐在一个长条的硬板凳上，接受问讯，姓名、住址、什么身份？另外几个同伙的姓名、身份，等等，阿龙自然没有说是学生。

最后签字画押。在被问讯过程中，阿龙听到隔壁有鞭子抽打的声音，有人惨叫的声音，好像是小良发出的。阿龙的心不由咯噔一下。小良身上携带了弹簧刀，否则今晚就什么事都没有了。小良看着有点像地痞，总是一副不忿的样子，这些警察自然不会放过他。

过了一会儿，凤儿、张健都被带到了这个屋，但是都被暂时铐了起来，阿龙和张健背靠背靠着。凤儿被独自铐在一个椅子上。

那个警察铐完之后，阿龙喊道："我们没犯法，干吗铐我们，我的物品呢？马上还我们。"那个警察面无表情，"如果真没事，等一会儿就会放了你们。吵什么吵？"

说完走了。屋子里的暖气温度很低，有点冷。两个大男人倒是一副不在乎的样子，这可苦了凤儿。坐在那里边哆嗦边哭。阿龙心里很不是滋味，一遍遍宽慰着凤儿。阿龙最担心的是小良，他怎么没消息了？

凌晨两点多钟的时候，他们三个被放了出来，走在清冷的大街上，他们在盘算如何解救小良。张健说他有认识人可以找找。张健留下了自己的呼机号给阿龙，阿龙让他先回去了。学校是进不去了，阿龙和凤儿在附近找了一个旅馆住了下来。

没想到，阿龙和凤儿刚躺下就收到了一个传呼，文字显示：我是小良，速回话。阿龙忙披着衣服跑到旅馆吧台回电话，告诉了旅店的位置。阿龙给小良也开了一个房间。一会儿小良穿着一个米黄色的衣服，跑来了。

进了屋，才看清小良的脖子上全是鞭痕。更令阿龙惊讶的是小良的右手上竟然还戴着手铐子。原来小良是趁着警察打盹之际，把手铐子挣开了，逃出来的。

阿龙一听，忙叫小良先不要住店，警察一旦发现人跑了，肯定会盘查的，于是三人忙退了房。之后，三人便打了一辆车，阿龙的叔叔在本市，但是阿龙怕他再告诉自己家里，便没去。

关键小良带着个手铐子，目标太明显。阿龙琢磨了一下，便到电话亭给张健打了一个传呼，他很快回话了。阿龙问他认不认识开手铐的人，张健说他就会开，张健让他们先过来。

正好到他那里躲躲，阿龙想。

张健自己住了一套房子。他果然厉害，拿着一根铁丝，随便捅鼓了几下，便把手铐打开了。

这一折腾，看表已经六点多了。张健说："看来只能回家躲躲了，火车站现在开始售票了。"阿龙觉得也只有这样做了。

阿龙安排凤儿去买到河南的票，很顺利，票是早晨 10 点的。八点多钟，他们匆匆忙忙回了趟宿舍，就把小良送走了。

阿龙让凤儿先回宿舍休息等他，他和张健把小良送到了火车站。二人也没敢露面，老远的看着、等着。直到小良坐上了车。

小良临上车前说，他在局子里也没说是学生，留的家庭住址都是假的，听了这些阿龙稍微心安了些。

虽然他们一般不会搜查到学校来，但是还是要小心。于是阿龙决定到他叔叔家避一避。便和张健暂时分开，之后急匆匆地回到学校。

先到女生宿舍，安慰了一下凤儿，同时商量了一下躲避的事情。之后便接到了森子打来的传呼。

这个过程森子听得惊心动魄！听后便问："那你想躲多长时间？"

"说不准，看情况吧！"阿龙说道。

森子说去送他们，阿龙不让。就这样，阿龙领着凤儿暂时去隐居了一段。森子则穷尽脑汁给他们找理由，到班主任那里帮助给请了假。

这下好，宿舍里清静了。就剩下曹小文和森子了。森子没有和曹小文说实话，只是说他们都回家办点事。宿舍里这种清净等于郁闷。二人每回到宿舍，没有了小良光着膀子哼哼嗤嗤的举哑铃锻炼，没了阿龙偶尔大谈武道，这个屋子里突然就没了生气。

森子每天都跟阿龙保持着联系，汇报着情况，三天了，没听到什么消息。

这天，也就是 11 月 25 日，学校在大礼堂最后审核各个班级为“一二·九”准备的节目。中文系选送的节目：现代舞、大合唱、健美操、小品等轻松过关。其他的系通过的不多。尤其是杰子和一个男生合跳的双人舞因为动作夸张、着装前卫，节奏过于火爆，“稍带色情色彩”（团委书记给定的性），而惨遭淘汰。

学校宣布：下一步各个节目可以低调在练习了。晚自习又基本上恢复正常。

当晚，杰子又到森子的班级来上晚自习了。和阿丽一桌。这两个人坐在最后一排，阿丽捅了一下杰子说：“今天，森子大哥在班级里发火了！”“什么？”杰子听了一惊。“我自从认识森子哥以来还没看到森子哥发过火呢，今天我们班委会发起给班级贫困学生捐款活动，结果有个家伙不响应还捣乱。”阿丽小声说。“谁敢捣乱，是哪个地方的，不想活了。”杰子“杏眼圆睁”地说。

“那个家伙是辽宁的，长得满脸络腮胡子，很好斗，不过早没事了，那个人是小梅的老乡，是小梅出面给摆平的。”阿丽说。

“这个小梅到底是谁啊？”杰子问。

“也是森子哥的一个好妹妹呗！辽宁的，口才很好，班级的文艺委员，主持节目主持得很好。在班级里是森子哥的得力助手。”

“他们就是简单的哥妹关系？”杰子扭头盯住阿丽。

“反正是很好啦，你知道咱学校里多少女孩子在暗恋森子哥吗？光我们班级据我粗略统计就有七八个。森子哥说他和小梅的关系是很纯洁的，我相信森子哥。”阿丽也是在宽慰杰子。因为她看杰子这两天心情不太好。

杰子这时候不说话了，从本子上撕下一张纸，在上面乱画了一通。阿丽再抬头时，看到纸上写满了“森林、森林”的字样。

阿丽偷偷一笑，悄悄撕下一张便笺纸，写了几个字，捅了捅前边的同学，让他递给左前方的森子。

纸条说杰子心情不好，让森子安慰一下。

森子犹豫了一下，回了个纸条：过程 > 结果！

杰子回了个纸条：嗯！我会永远注重过程！谢谢你！

过了一会儿，阿丽传过来一个纸条：说有一事相求，下课再说。

晚自习第一节下课的时候，阿丽和杰子挽着胳膊在班级门口等森子。说红红病了，想过去看看她。但是她是在校外租的房子，两个小女孩单独去有些害怕，今晚阿丽对象又有事，想请森子做护花使者。森子当然没法拒绝了。

三人走出校门口，在街对面，杰子掏钱买了橘子和苹果。大约走了十多分钟到了一个小区。红红租的是三楼。按门铃，红红穿着线裤来开门。一看这么多人，便告诉先让等等。过了一会儿，从里面出来一个男的，一看不像学生，出门走了。

之后红红才叫大家进来。在客厅换鞋的当儿，森子看了一下。这个厅很大，很宽敞，门旁是个卫生间，这是个套二的房子，听说另外一间也住的是学生，门上的小窗户遮着白布，透亮，显然里面也有人。

红红说里面住着一对咱校的学生。具体哪个系的没说。

杰子一进去便质问："红红刚才出去的那人是谁？"红红一撇嘴，说是房东家的二儿子。"你和他什么关系？"杰子又问。"那还用问吗？"红红爬上床，缩进被子歪头看着杰子。"我告诉你，风流不等于下流！那个小军呢？"杰子似乎很动怒。小军就是前一段红红处的对象。

"哼！前天就吹了！"红红不屑地一撇嘴说道。

"你说你今年半年时间你换几个了？你怎么能这样？早知道不来看你了，是不是装病在家？"杰子面色已经很是难看。

"哎呀姐姐！这感情的事情没法说啦！何况我们又没怎么的，大家都是朋友嘛，而且我今天真的不舒服，刚打完吊瓶呢！你看啊！这个棉花团还沾在手上呢！"这时红红把右手从被窝里抽了出来。果真在手背上还粘着个消毒的小棉花团！

"是你作（读一声）的，报应！"杰子不依不饶。

"哎呀！姐姐！"红红一下子伸出胳膊抱住了床边的杰子的

腰，撒着娇。

“对了，谢谢你们都来看我。哇！尤其我们的大才子先生也来了，我太荣幸了！你们都快坐呀！”红红才缓过味来，忙招呼森子和阿丽。

森子和阿丽在椅子上刚坐定，外面有按门铃声。阿丽跑出去开门，进来的竟然是那个阿丽的小对象——兵兵。他手里也拎了点水果。说有点事，来晚了。

三个女人一台戏，这三个姐妹在一起什么衣服了、裤子了开始唠开了，就是听不到学习两个字。而森子和兵兵只能在那里相视而笑。

突然，兵兵呼机响，兵兵说又有急事，起身要走。阿丽说要跟着走，这时候突然红红又说肚子疼，让杰子再陪陪她。

阿丽说：“那你们再等一会儿吧，反正有我大哥这个护花使者呢！”森子在那里很无奈地笑。

之后，兵兵和阿丽先行告退。

剩下杰子和红红又嘻嘻哈哈地闲扯起来，红红哪像肚子疼的样子！

杰子看看手腕，说不早了，该走了，要不学校该关门了。

临出门，两个家伙又是搂又是抱的，弄得像同性恋！

森子送杰子回来，路上杰子问：“学生会新一届快选举了吧？”“嗯！包括入党都要在‘一二·九’前完成。”森子说。“那我能帮助你什么吗？”杰子很是恳切地问道。森子笑着摇头：“一切顺其自然！”“我不这样认为啊！只要我认定了我会尽一切努力去争取！”杰子说这话的时候，一双咪咪有情的眼睛盯住森子。

森子一路躲闪着她火辣的目光。

到女生宿舍楼下，杰子让森子稍微等一下，就急忙向楼里跑。

森子在门口在猜想她要干什么。突然肩膀被人拍了一下。刚一回头，一个拳头打了过来，森子一偏头，但还是慢了，森子的眼镜顿时被击中，掉在地上。森子迅速转了一个身，一拳回了过去。阿龙在教森子打拳的时候，曾说过，对于进攻最好的手段是马上反击。

森子这一拳也很快，出乎意料，结果被森子结结实实打到胸膛上，对方一个趔趄，趁着这个当儿，森子蹲下，摸到了眼镜，幸好没问题。森子后退几步看清了对方。

那人个子很魁梧，森子一下子想起来了，是他！就是那次森子驮杰子去打点滴，回来之后有个家伙来警告森子远离杰子的那个。

那家伙这时候握住拳头看着森子，可能是被森子刚才回击弄个措手不及，有点小心了。森子刚想质问，杰子从宿舍跑出来了。手里端着一个盒子，突然就停在那里，盯住那个个子魁梧的人厉声喊道："你给我滚！到这儿来干什么？"

这家伙还真挺听话的，倒退着，伸出手指了指森子"好，你等着瞧！"说完扭头走了。

"他，他怎么你了？"杰子过来关切地问道。

"没什么，只是这家伙上来就给我一拳，幸亏我躲得快。"

“你真的没事吧？好，我知道他是谁，你放心，他以后不会来惹你的。”

“没事，我才不怕他们这些小混混。”

“他是社会上的人，很牛，不过我会处理这件事，对不起。都是我惹的祸。”

“哦！没事！”“这盒虾仁给你压压惊吧！”杰子递上一个盒子给森子。

“别，你别这么客气。”

“别婆婆妈妈的，你现在先把我当个普通朋友也行啊！来，拿着。”说完，杰子一下子把盒子塞到森子手里，“路上小心点，祝你做个好梦。”说完转身跑进了宿舍。

森子摇头，又无奈地笑了笑。

看着森子的身影逐渐消失，杰子转身，进宿舍，上楼的时候，手扶着扶梯，眉头紧锁，步履缓慢。

进了宿舍，只有阿丽还没睡，趴在被窝里等她。杰子三下五除二就脱了衣，关了灯，借着窗口的月色，一下钻进阿丽的被窝。面色凝重，叹息一声。

阿丽挠了一下杰子的腋窝，杰意外地没有躲避，推开阿丽的胳膊，脖子向后一仰。最近我要办两件大事。

“什么事？是联合国给你打电话来？”阿丽小声笑道。

“别胡闹，我说的是正经事！”杰子依然面色凝重地说。

“啥事？姐们能跟我说说否？”阿丽俯过来问。

“一个是我要让饭店那个赵姐帮我收拾一个人，另外一个就是最近我要搞个聚会，学生会的人要多些。”

“我不太明白呀！”

“今晚在楼下有个人一直跟踪我和森子，就是上次在饭店里看见我，一直想追我的那个社会上的臭盲流。刚才还想和森子动手呢！”杰子附在阿丽的耳朵上压低声音说。

“哦！早该收拾那家伙了。那聚会的事——学生会——啊哈，我明白了，你是想帮助森子——”没等阿丽说完，杰子一伸手捂住了阿丽的嘴巴。

“现在关键是用什么名义聚会？”杰子嗫嚅道。

“对了，后天那个兵兵的老乡学生会主席黄小明过生日，肯定会有不少学生会的过去呀！”阿丽说。

“好，真是天助我也！你快帮我详细打听一下。”杰子说完一下子翻身抱住阿丽，“来，亲爱的咱们亲近一下，哈哈。”

森子回到宿舍的时候，曹小文告诉森子阿力来找过他，没说什么事情，但是似乎是很着急的样子。“什么事情呢？”森子很是纳闷。森子本想去他们宿舍，但是想了想，还是拿起了电话。

原来是宋哥出事了。今天阿力去宋哥那里玩，宋哥已经好几天没有出来修鞋了。他现在遇到点麻烦。好像与那个女孩有关。两个人处对象，那女孩子的家里人找过宋哥，态度不太友好，可能要激化。

“好，我明天过去看看。”森子说道。

第二天森子放学后便直接去了宋哥那里。宋哥这两天面色憔悴，话语不多。原来他和那天晚上见到的女孩子在处对象。女孩子家在本市，离这里不远，刚刚从高中辍学。是因为常来修鞋两人认识的，女孩子被宋哥的善良、朴实所吸引，对宋哥表白了心迹。一开始宋哥不同意，因为他了解自己是个残疾，认为这不现实。但是这个女孩子很是执著，总是向这里跑，对宋哥很是真心。

“这是个好女孩子，虽然长得一般，但是还是很朴实的、很真诚的。我们处了一个多月了，她总是往我这跑，但是我一直没有碰她。”宋哥说。

“我知道你是个大好人。”森子说。

“有了她的日子，我真的很是高兴，也更自信了，在她的鼓励下我还想把修鞋的事业做大呢！”

“对呀！这是个天大的好事！”

“但是前天，有个大婶来找我，是她妈，说让我离开她。”宋哥叹息了一声。

“为什么？”

“那还不清楚吗？”宋哥边说边伸出手拍了拍自己的残疾的双腿。

“其实由于我的腿的麻痹症，我从小就活得很不自信，是她真正的激发了我很多东西。但是——”

“现实总是很残酷无情啊！”森子接过来道。

“看来我还是需要冷静些，老老实实做人吧！”宋哥叹息一声。

“应该再努力努力。”森子说。

“我这些天一直在努力，但是正因为爱她，才希望她能够找个更好的。我这个样子毕竟上不了什么台面。”

“怎么这么说呢？你应该相信自己！”森子说。

“森子啊！这个年代有些事情你必须现实一些，比如我在这里连个自己的房子都没有，我怎么能带给她幸福呢？”

“难道你就这样放弃了？”

“嗯！”

“那你不就把人家女孩子的心给伤了？”

“那也没有办法。我决定先回一趟老家，正好我两年都没回家了。”

“你这是逃避！”

“你不也是在逃避吗！还说我。”

森子曾跟宋哥提起过关于杰子追他的事情。于是森子不再言语。

“其实你才应该好好找个女朋友了，这样也会有人帮你。彼此有个依靠，而且女人往往会给人很多动力。当然我的自身情况比较特殊，跟你这个大才子当然比不了了。”

森子笑了笑。

“最近我弟弟处了一个很好的对象，我得全力支持他，等他结了婚我就放心了。”宋哥这时候才舒心地笑了笑。

宋哥总是喜欢为人家着想。他没办法，就这么一个弟弟，家里人又帮不上忙。

“前两天，我刚借给弟弟 500 多元，他给对象买了一个戒指。”宋哥接着说。

“那不快了吗？”

“就是啊，女方年龄大，在急着催弟弟结婚呢！但是没有房子啊！我这次也是回老家看看能不能弄些钱。”

“我要是有你这么好的哥哥那该多好啊！”森子打哈哈道。

“我现在不就是你哥哥吗？有事您说话。”宋哥开着玩笑。

“对了，那个女孩子怎么办？”

“还能怎么办？给她留封信，告诉我离开这里了。过一段也就没事了。”

“真是太残忍了！”

“我这里情况太复杂了，我是不行了，但是希望你能够珍惜一份感情啊！这是多少钱都买不到的！”

第二天，森子和阿力去火车站送宋哥。宋哥的弟弟以及他未来的弟妹也来了。没有通知那个女孩。

“多长时间回来？”森子问宋哥。

“说不准，估计至少几个月吧！没准也不回来了。”宋哥说这话时，显得很沉重。

“爱是一种逃避。”阿力似笑非笑地说宋哥。

宋哥没有言语。

“我是不行了，但是你们一定要把握好，但也不能抓得太紧，否则你后悔也来不及。”宋哥最后甩下这样一句话。

晚上阿龙又来电话。森子告诉他没有任何情况。第二天中午的时候，阿龙回来了。正好出去躲了一周时间。阿龙回来后，又给小良打电话，让小良回来。

两天之后，小良回来了。那晚，阿龙请客，同时叫来了那个张健。一同庆祝彼此的相安无事。张健是个很仗义的人，说在这里如果有什么事尽管说话。森子也是第一次接触道上的人。觉得这些人还是很不错的，很坦诚。

这天第一节课一下课，班主任薛老太太来叫森子，告诉他学生会的大选要开始了。让他准备准备竞聘校宣传部长。并说如果竞聘上入党的事情会更顺利。

森子倒是也想试试这个校宣传部长的职位，但是这个欲望还不是很强烈，当听说与入党还很有关系后，森子才真正地决定试一试。

晚上的时候，那个现任宣传部长姚启发又过来找森子吃饭。但是森子说有别的事情谢绝了。姚启发是个很聪明的家伙，他知道森子如果参与竞选是个很强有力的对手。因此他一直想探森子的底。

当他从森子宿舍出来的时候便知道事情有些不妙。他马上去找生活部长肖洋和现任的学生会主席黄小明出去吃饭了。

第二天在宿舍吃完晚饭，森子回到了宿舍。刚坐在床边扭头翻放在靠墙的一些书，想抽出一本翻翻，桌上的电话突然急促响起。

森子接起来，那边传来一阵四川话：丁大哥，帮帮忙撒！我这里出大事子啦！森子一听就知道是李国的声音。李国是他们班的小四川。镶了几颗大金牙，说话非常幽默风趣。森子以为他是在开玩笑。

“真的是大麻烦啦！有人约我到江边去决斗撒！”李国在电话那头焦急地说。

“你别着急，到底怎么回事？慢慢说！”森子习惯安慰他。

“不就是因为一个小女人吗？他也是俺老乡，说我撬了他的女人。非要约我决斗。现在就在江边等我，我是个男人，我不能不去——”

森子明白了，又是女人挑起的战争。李国是自己班级的，森子不能不管，森子怕他们再闹出什么人命来，都是一个个被激怒的公牛呀！森子叹息一声。

“你现在在什么地方？”

“我就在学校门口，我就知道你能替我出面，嘻嘻——”这个李国，看来是摸准森子的脉了。

“好，你等我。”森子放下电话，端起杯子喝了口水。刚推开门，阿龙和凤儿来了。阿龙问森子上哪？森子说班级有个同学被人约出去决斗，他得去看看。说完小跑着走了。

阿龙扭头看着森子下了楼，忙对凤儿说：“你帮锁上门，自己先回宿舍吧！我不放心，别再动起手来，森子会吃亏的。”边说扭头就向楼梯那边跑。

“你可别跟人打架呀！听见没？”凤儿冲阿龙的背影喊着叮嘱到。她知道阿龙可是个爱耍拳脚的家伙，她确实有点不放心。

森子出了宿舍门口，穿过篮球场，直奔学校门口跑去。刚跑几步就听见阿龙在后面喊：“森子！我来也！”

森子回头，笑了笑，“好吧！你属穆桂英的，阵阵少不下。”

“还不是怕你这个书生被人欺负！我必须用我的拳头为你护

驾！”阿龙把大拳头一挥。

“好吧！多一个人多一分力量！”森子一挥手，两人并肩向校门口跑。

李国站在校门口，看见森子来了，向前跑过来。一把握住森子的手：“麻烦您啦！”露出那口金牙。

“你们这是要学习普希金，为了女人而决斗呀！”森子笑着说。

“哎呀！班头大人别打我的嘴巴子啦！”李国伸出手搔了一下头。他的头打着摩丝，油光锃亮。

“阿龙也来了，有你这个练家子我就更不怕啦！”李国看着阿龙说。

阿龙笑了笑说：“到底怎么回事？”

“时间来不及了，我们先打车，去江边，咱们边走边聊撒！”李国边说边走出校门，伸手拦出租。正好过来一辆红色桑塔纳。

江边，凉风飕飕。一个桥头处，有五六个小伙子站在那里。

“就是他们那伙，都是我老乡。”下了车，李国就指着桥头那边说。

“好，我们过去。”森子说。

走到近前，那伙人一看，都向后退了几步。其中一个领头的小伙子竟然急忙上前冲着阿龙一拱手，“老大你怎么来了？”

阿龙哈哈大笑起来，“原来是你们几个兔崽子！是不是没事吃饱撑的，还要在这决斗？”

“哪里！哪里！”那个带头的同学忙满脸堆笑。

“这个可是我兄弟，动了他就等于动了我。”阿龙扭过身拍了拍李国肩膀。

“哦！哦！我们是闹着玩。好！没事了，我们走。”那个同学回身一挥手，身后几个人也都点头微笑，转身简直是灰溜溜走了。

看他们走远，森子不由哈哈大笑，“怎么就像演电影似的，阿龙就是个黑帮老大呀！”

李国则一个劲儿冲着阿龙抱拳，说着感谢！

阿龙笑了笑说：“他们都是我小弟的小弟，借他们两个胆都不敢在我面前撒野。”

森子拍了一下阿龙肩膀“看来，武力有时候是好使呀！今天还幸亏你，和平解决了就好！”

“就是！就是！在我家乡，我老爸是乡长我不怕他们，但是在这里，我势单力薄呀！”

“什么势单力薄的，你是来念书又不是来打架来了。”森子说。

“对！班头教训得对！走，为了表示谢意，今晚我请你们俩喝点小酒。”李国说。

“不必了，你的心意我们领了。还是快回学校吧！”森子说。

“唉！森子！”这时突然听见前面有人喊森子。

森子抬头一看是学生会主席黄小明。他正向这里急匆匆跑来。“我听说你在这里和人家打架？”黄小明跑到近前说。

“你听谁说的？”森子不解地问。

黄小明没回答，而是四处望了望，“看来有人是要诬陷你。”黄小明说。

“刚才是好悬呀！呵呵！可惜好戏已经演过了。”森子笑了笑说道。

“主席大人，今天有人叫我出来决斗，我们班头不放心来劝架的。”李国忙解释道。

“哦！我明白了，我说这个堂堂的系宣传部长怎么能出来打架呢？”黄小明长出了一口气说。

“来，森子。”黄小明一把拽过森子，附在他耳朵上说：“你要小心，有人跟我诬告你在这里打架，学生会要选举了，你要小心，是谁诬告，我就不明说了。反正你要注意点。”

“好了，我还点急事，先走了。”黄小明看一辆的士过来，一伸手拦住，上车走了。

“走我们也打车回学校。”阿龙也顺手拦了辆的士。李国过来两人争着想坐在前面付钱。阿龙一推，就把李国推开，坐了进去。

“你看，你们都这么客气。”李国无奈的一摊手说。

上了车李国突然一拍脑袋说：“昨天晚上是老乡姚启发让我叫你跟我来的，看来真叫对了。呵呵！”

“什么？是姚启发让你叫我来跟你解围的？”森子扭头问。

“对呀！就是姚启发姚部长昨晚说你要是出面，他们就不敢和你决斗了。”李国说。

“但是你知道今天是阿龙的面子呀！我根本没起作用。再说，我顶多是想劝劝你们的。”森子摇了摇头说。

“哦！对呀！今天是阿龙镇住了那帮家伙。”李国向后一靠，又把手搔了搔油光的头发。

“我明白了！”森子想起了姚启发，这是他的一计呀！不由摇头又叹息了一声。

学校贴出通知，本周末在学校会议室举行新一届学生会领导班子选举活动，同时重新组建各系学生会成员。

周末，学校会议室。

在主席台一面的墙上悬挂着条幅：学生会领导班子选举大会。

主席台上坐着学校校团委、学生处等有关领导。下面各个系的学生会成员坐了五十多人。

开始了。首先由支持人，原文艺部部长白洁宣布开始，之后一一公布了候选人名单。接下来由候选人一一登台，像美国大选一样，候选人都一一说明了自己的优势和自己的“施政纲领”。

这些候选人每一个都讲了很多，森子坐在下面的神情镇定。

轮到森子的时候，森子上台就简单说了几句话：第一、我要是当选，我会上对得起学校、中对得起学生会、下对得起每一位同学。第二、凡事不求做得最好，但是会做得更好。第三、永远感激大家对我的信任和支持！我会用实际行动来报答大家。

森子的发言，简短有力，赢得了热烈的掌声。

第三天学校海报便公布了学生会领导班子名单。校学生会宣传部长：丁广森，其他的基本没有变动。又增补了几个名额，杰子也顺利进入了学生会，隶属宣传部。

在学校的食堂前、大门口的宣传栏里对于这些新任的学生会领导都登出了相片和简介。一时间这些宣传栏前积聚了大量的同学，议论纷纷。这个说他认识，那个说这是他们的老乡……

班主任薛老太特意来到班级，传达了这个消息。班级了掌声雷动。阿丽传过来一个纸条：祝贺大哥当选，你知道背后杰子为你做了多少工作吗？

看了这个纸条，森子一愣。下课后坐到阿丽那里悄声问到底怎么回事？阿丽说："不知道，反正杰子可是个有心之人，为了你能顺利当选，是费了不少心思的，选举前一天，杰子还很自信地说你这次当选没问题呢！现在不少学生会的人对她都毕恭毕敬的！"

听了这些，森子心里有些不是滋味，缓缓地摇了几下头。

阿龙早早就跟森子说好了，晚上给森子安排庆贺酒宴。

阿龙告诉森子该叫的人全部交来，这是哥们的骄傲。按照森子的意思是要低调处理的，一则是因为森子向来不喜欢张扬，二则是森子手头的拮据，第三就是知道了杰子竟然事先"动了些手腕"，总有点"胜之不武"的感觉。但是看到阿龙这么热情，又是好哥们，他也就没有办法了。

森子不想叫太多人。

自己宿舍的，加上方桦、阿丽及其对象杰子、红红，剩下的让阿龙随便叫。

晚上还是在那个叫做好哥们的酒店。阿龙又叫了凤儿、他的大姐桂琴。这样加起来也十多个人了。

在安排座位的时候，阿丽把杰子硬是推到了森子身边。这时候，只有阿龙知道对面的大姐桂琴心里多么难受了。桂琴和凤儿是一个宿舍的，大家都知道她一直在追森子。桂琴一双大眼睛非常灵动有神，但是森子对她一点感觉都没有。桂琴闪亮的大眼睛不住地狠狠地在盯着杰子。她和杰子第一次见面，她还不清楚她和杰子的关系，只是感觉到很突然，甚至有些不服气。

这个庆功宴气氛非常热烈。一个个都开始敬森子酒，森子不住地上厕所，他有这个习惯，据说这样可以漏酒，能喝。但是还是抵挡不住大家的轮番轰炸。后来杰子不住地提醒森子要少喝，甚至混乱之中还帮助他喝了几杯。

席间，杰子跑出去到卫生间呕吐。桂琴跟了出去，在女厕门口，桂琴堵住了杰子。

"我可以问问你和森子的关系吗？"

"你是谁？你又和他什么关系？"杰子反问。

"我、我们没什么关系。"桂琴嗫嚅着说道。

"我们啊！很好的关系，我也说不明白。"杰子上下看了一眼桂琴，毫无表情地说道。

女人之间的有时候戒备心理很强。

"那，那你喜欢丁哥吗？"桂琴问这话的时候声音很低。

正在这时候，厕所的门开了，有人进来了。杰子展开双手，一耸肩，做了一个很无奈的动作，推门出去了。

桂琴一下子扑到洗手池处，哇哇大吐起来，抬头看镜子里，眼圈通红。

森子端着高脚杯，跟大家一一碰杯，森子站的已经有些不稳了，面色也有些苍白。杰子伸出手在后面轻轻搀住森子的腰部。酒宴在森子的答谢中结束了。

阿龙、小良、方桦等纷纷起身走了。桂琴临出门的时候，不住地向后瞧着，最后被凤儿拉走了。

阿丽、兵兵、红红和森子、杰子最后下楼。

出来后，阿丽、兵兵、红红们一使眼色，便都提前走了。杰子伸出胳膊搀扶着森子。

森子走到吧台处，刚想结账，老板娘说已经有人结了，是个虎头虎脑的小男孩给结的。是阿龙。

出了酒店，森子的头有些晕。在酒席上把持的还是不错，但是出来一见到风便厉害了，看什么都是重影了。

杰子紧紧地搂住森子的胳膊，心里异常激动。她终于挽住了森子的胳膊。她一直很感激在暗暗帮助她的阿丽。杰子其实生性傲慢，很少真正这样去在乎一个人，但是森子就是吸引她，令她着迷。她太在乎他，她太渴望得到他了。所以她与阿丽交谈中，总是离不开森子。甚至有一次杰子在睡梦中竟然轻轻呼唤森子的名字，阿丽也是被她的这种投入和痴狂所打动，才愿意帮助她的。

森子跌跌撞撞，杰子搀扶很是费力了，累得呼哧带喘的。

杰子一下子转到森子前面，让森子停住。把住了森子的双肩，森子抬眼看杰子，目光很是迷离。一下子向前倒去。杰子慌忙张开双臂，把森子抱住。森子的脸就卡在了杰子的有肩膀上。

杰子的脸立刻就感觉到了发烫。现在的姿势是他们在拥抱！

她感觉到一种温暖和厚实。

杰子就像触了电一样，杰子第一次和一个男孩，或者说自己渴盼了好久的男孩子在拥抱，虽然他现在不是在清醒状态。

森子的脸卡在杰子的右肩上，鼻孔了嗅到了一股芬芳。努力地动了一下脖子，鼻尖触到了杰子的耳垂。有几缕发丝落到了森子的脸上。

森子意识到有点问题，慌忙用力向外挣。

杰子松开胳膊，一下子拉住了森子的双手。

“你别动，你喝多了，我送你回去。”杰子说。

“叫，叫阿龙，叫我哥们来。”森子口齿不清地说道。

“他们刚走，快到学校门口了，我送你回去。”杰子说完忙一伸手，森子又倒了过来。

如果一般人，杰子早把他踹趴那里了。但是今天杰子却不觉得讨厌，浑身似乎也充满了力量。

两人再次“拥抱”在一起。

谁也不知道，其实在大街的对面始终有一双眼睛在狠狠地盯住这里。那就是桂琴，她出了酒店说有点事，让她们先回去，她就是想留下来看个究竟。

看到杰子一个人在搀扶着森子，她嫉妒，跺脚，但有没有办法。就这样一直在对面目无表情地跟着。

第五章

确定关系

森子再次趴在了杰子的香肩上，一股幽香钻进森子的鼻孔。他的手被杰子攥在手里，感到了一些温暖。两双胳膊就这样夹在两人中间，两个人一动不动地靠在街边。桂琴听不到对面是否在说话。但是桂琴相信他们两个一定是在那里甜言蜜语。

突然，森子体内涌上一股莫名的力量，令他浑身燥热，森子狠狠咽下一口唾液。双手开始用力握。森子的头开始缓缓转动，向后抬起，逐渐看清了杰子的那张关切地渴望的脸。

森子突然抽出双手，搂住杰子。嘴在急切地寻找杰子的唇。

这个动作对于杰子来说太突然了，杰子开始下意识地躲避，拼命地摇摆头部，一次次躲开森子急切寻找的嘴唇。森子的嘴唇触到了杰子披散下来的发丝，杰子的脸、羞涩、都深深地埋在了下垂的发丝里。

终于触到了。森子的双臂用力揽住了杰子躲避的晃动的肩膀。吻到了杰子的嘴唇。她闭得紧紧的，森子的舌头突破了几次，终于探了进去。

突破之后，杰子不再挣扎，因由森子的舌头全部伸了进去。

街对面的桂琴，捂着脸，跑了。

进了学校大门，森子和杰子拉起了手并行走着。虽然森子脚步还是有些晃，但明显清醒了很多。

杰子一直把森子送到宿舍门口。

在宿舍门口，森子定定地看了看杰子，杰子也面带羞涩地看了看森子。相互深情地彼此对望着，最后相互道了晚安！

第二天下课的时候，阿丽给森子递过来一个纸条。是杰子写给他的。“昨晚的事情相信你还记得，我不是个随便的女孩子，我很珍惜！今晚有空吗？放学后我在学校门口等你。”

森子自然记得。虽然自己借着酒劲有些冲动，但是她还是被杰子所感动了。他也想起了宋哥对他说过的一些话：其实你才应该好好找个女朋友了，这样也会有人帮你。彼此有个依靠，而且女人往往会给人很多动力……

当天一放晚学，阿丽便走到森子旁边，嘻笑着说：“嘿嘿，今晚有什么行动啊！该买糖吃了吧？”说完便跑了。

森子一下子想起来，原来杰子约了他。班级同学一个个陆续走光了，森子还呆坐在那里。森子在考虑自己这样做到底对不对。森子曾暗自发誓，大学期间绝对不会处女友的。可是现在——

森子恍惚记得昨晚和杰子的事情。他吻了杰子。想到这里，森子不由很无奈地笑了。“你都把人家吻了，还说啥呀！大男人要敢作敢当嘛！再说，人家也不错啊，对你还那么好。”森子想到这里，整理了一下自己的皮夹克。

这个黄色的皮夹克是二伯给他买的，花了 400 多，这可是一大笔费用啊！所以森子一只很珍惜。森子又有用手侍弄了一下自己的分头。

人说女为阅己者容！看来，男人也是。

森子又把右手伸到裤兜了，掏出钱包。看了看里面有一百零五元。这个月刚开始，得计划好啊。第一次正式见面得表示一下，今天肯定要破费了。森子暗想。把那张百元大钞拿在手里，摸挲了好几遍。

森子脚步轻快地下了楼。穿过一个大圆形的大花坛，便是通向学校大门口的一段开阔的水泥路了。三三两两的同学在出出进进。森子望了望没看到杰子的身影。也许在校门口外边呢！森子想。

可是森子出来后依然没有见到杰子的身影。森子冲学校里面看了看，也没见到杰子。森子看看表，五点半。这是天已经擦黑了。门口买盒饭的都开始收摊了。森子来回踱着脚步。

“嗨！”森子正在徘徊，突然听到了一个人在喊他。

是杰子，走近一看，杰子把长发盘到了后面，脸上似乎有金星在闪。很阳光的样子。杰子穿着一身很柔软的黄皮大衣。

“不好意思，我来晚了点。”

“没什么！”森子笑笑说。

两人边说，边向左拐，沿着学校的围墙向前走。两人突然间都低下头，谁都没再说话。

“我们往哪里走？”森子扭头问。

“你说呢？”杰子双手互相攥在身前，没有抬头，应承道。

“外面冷，咱们先去吃饭吧！”

“好，我领你去个地方，我常去。”

这是一家规模不小的饭店，门口还有迎宾呢。一进门，森子的心里就咯噔一下。坏了，够高档的，兜里的钱不知道够不够。但是都进了门了，只能硬着头皮进了。

一进门，站在吧台里面的一个女人，便开始向这边摆手。“哎呀！小杰你可很久没来了，快进。”森子拿下眼镜，用两个大拇指揩了揩，才看清是个三十多岁，很干净利索的女人。应该是老板娘。

“你们到哪个屋，你尽管选。”这老板娘对杰子很是客气。

“走，跟我走。”杰子回身对森子一笑，转身上了楼。一个女服务员马上跟了上来。

到了二楼，往里面走，杰子推开了一个房间。很小巧，一张小桌子，正好里外安放着两只很是古朴的椅子。墙壁上挂着一副大草原风景油画，已经稍微有些旧了。

“服务员，先上壶热茶。”杰子边脱着皮大衣边转身喊道。

杰子让森子坐里面，把皮大衣脱下来。之后接过，帮助他挂在了旁边的墙上。

服务员端来了茶水，给两人斟上。杰子接过服务员手中的菜单，让森子点。

“今天我做东，你点。”森子说。

“呵呵！好，我今天得狠狠地宰宰你！”杰子说着，伸出手开始在菜单上从上向下划。森子盯着菜单和她那双白嫩修长的手指。森子现在已经没有这种欣赏纤纤玉指的雅兴了。他只盼杰子能够点几个便宜的。如果结账时钱不够可就惨了！森子暗暗祈祷着。

“我来个酸辣土豆丝！”杰子说。

谢天谢地！森子心中暗喜。

再来一个——杰子接下来继续向下找着。

森子的心又揪了起来。

“来个韭菜炒蛋吧！”杰子说。

森子总算把心放到了肚子里。

接下来，杰子让森子点。森子点了一个地三鲜。杰子又给森子喊了两瓶啤酒。

“其实，我知道你很忙，所以我轻易不会打扰你。”杰子看着森子，很认真地说道。

“呵呵！谁说的，瞎忙！”森子倒是有些不好意思。

“我知道你是个非常正事，很有追求的男孩子。所以我才更欣赏你。”

“过奖了，你！”

“你总是那么谦虚！”

“呵呵！”森子傻笑着。

“对了，听说最近党小组开始展开第一轮讨论了。你肯定没问题。”杰子说。

“顺其自然吧！得过好几轮大关呢。一直得到明年五六月份。”

“那我先祝福你。”说完，杰子举茶，示意了一下。

“你昨晚真没少喝啊！”

“是啊，高兴嘛！”

“昨晚的事情是不是都忘了？”杰子突然盯住森子问出这句话。

“我，我——”森子不知该如何回答。

其实森子心里明白这家伙是在进一步试探他。女人啊！森子心里暗道。

“我记得很清楚！”森子说道。

“哦！”杰子似乎如释重担。

菜一个个上来了，杰子给森子斟满了酒。自己也倒了一杯。

“今天应该是我最快乐的一晚。也是最值得庆幸的一晚。来，我们一起干一杯吧！”杰子举起了杯子。森子忙把杯子也端起来。

看见了杰子火辣辣的目光。

“也是我们共同的值得记住的夜晚，你说是吗？”杰子进一步问道。

森子看了杰子一眼，轻轻咬了一下嘴唇。没说话。

立时，屋子里一下子静了下来。杰子死死地盯住森子。

“你是个好女孩，但是——”森子缓缓说道。

杰子的心顿时下沉，面色开始由绯红转向苍白。似乎有种不详的预感。目光徐徐下滑，盯住桌子上的那盘酸辣土豆丝。

“但是——”森子还是没有继续说下去。

“但是什么？你能痛快点吗？”杰子猛然抬头。

“但是，我决定和你尝试一下，从今晚开始！”森子说完，不怀好意地看了看杰子。

“杰子听完这句话，小巴掌按在胸口，拨愣两下头。你真坏，你知不知道，刚才险些没吓着我。”

森子嘴角露出了一丝笑意。看着杰子。

“你可真是令人难以捉摸。说话大喘气。”杰子这时候重新端起杯子，和森子碰了一下，一仰脖，干了下去。

森子也干了。

“我知道你事务繁忙，所以你放心，我不会轻易打搅你的。我可不是那种难缠的女孩。”

“谢谢！吃菜！”森子拿起筷子，示意了一下。

“对了，上次在宿舍门口袭击你的人我找到了。事情已经解决。”杰子说。

“是什么人？”森子很是不解地问道。

“那个人是法律系的。一直在追我。家是本市的，很有钱。很狂，整天就知道喝酒、泡妞。这种男孩我能看上吗？”

“这个店的老板娘是我认的干姐们，叫赵姐。很有势力，就是她出面帮我解决的。你放心，以后他再也不敢来惹我们了。”杰子顿了一下接着说道。

“真没想到，事情会这么复杂！”森子说。

“你怕了吗？”杰子问。

“我怕？我可是会功夫的。”说完，森子曲臂做了一个扩胸的动作。把杰子逗得扑哧一声笑了。

两人说说笑笑，不知不觉菜已经凉了。两瓶啤酒也都见底。森子看了看表，八点多了。

“不好意思，今天耽误你时间了。”杰子看到了森子的这个动作，似笑非笑地说道。

“没事！”森子倒是有些不好意思了。

“好了，时间确实不早了。再晚了，明天校报就要出现堂堂大宣传部长被拐的新闻了。”杰子笑道。

二人下了楼。森子来到吧台前，开始掏钱包。

老板娘笑着说：“不用了。小杰早付过了。”森子很是诧异，扭头看杰子。杰子在门口正冲这边笑呢。

森子回头对老板娘说了声谢谢，便跟了出去。

两人沿街向回走着。街面上不知何时飘落一层小雪，踩上去咯吱咯吱的，很有韵律。两人并排，皮衣不时摩擦一下。

天上一轮上弦月，周围一圈风晕。天空显得很是朦胧缥缈。

“啊！好美的夜晚！大才子不做一首诗啊！”杰子对森子开着玩笑。

“人家李白斗酒诗百篇，咱们百酒诗斗篇都斗不出来啊！”森子说完，把杰子逗得前仰后合。

两人就这样向前嘻嘻哈哈地走着。突然杰子伸手挎住了森子的胳膊。森子的胳膊一下子都不敢动了。第一次被女孩子挽住还真有点不适应。森子的脖子也直直的，看着前方，不敢扭头看杰子。

杰子扭头看了看森子，不由呵呵地笑了起来。然后向森子贴得更紧了。

森子把杰子送到了宿舍门口。

杰子深情地望着森子，之后说，“祝你今晚做个好梦！”

“是啊！天天做梦娶媳妇啊。”森子打哈哈道。

“呵呵！今天继续娶啊！”杰子说。

“呵呵，好了，不开玩笑了。快上去休息吧！晚安！”森子示意杰子快进楼。

“说实话，今天又了解了你的一个优点，你很幽默，跟你在一起真开心！”杰子说完，一挥手，说了声拜拜！便跑进了宿舍楼。

森子一回到宿舍，小良便笑嘻嘻地问：“从实招来，是不是出去泡妞了。上哪儿快活去了？”森子微笑不语。

“哈哈！小良今天也领回一个，我们宿舍就剩我一个纯洁的小男生了！”曹小文从上铺探出个脑袋说。

“哎呀！真够恶心的，你没准早失身了，呵呵！”阿龙笑着说道。

“我冲天发誓，我绝对的 100% 的处男！”曹小文在上铺举起双手喊道。

“被处理过的小男孩，哈哈！”小良笑道。

早晨森子刚刚到班级，班主任薛老太便来找他。还有两天就是“一二·九”了。让森子敦促班级的舞蹈抓紧再练练。嗯，现在自己是校学生会宣传部长了，不单单自己班级的要抓一转，全校的节目都应抓一抓了。

森子马上找到了学生会主席黄小明，商量了一下，之后吩咐学生会宣传干事，让他通知学生会成员下午开会。

下午第二节课后，学生会宣传部的成员二十多人聚在学校阶梯教室。森子安排了这两天的节目抽查和准备工作。同时安排好了校报、广播站的记者在活动中的采访事宜。森子最后询问了主持人是否还有什么问题。

这个主持人是中文系二班的文艺委员，叫杨娇娇。大个头，能歌善舞，尤其那双大眼睛，毛茸茸的，她也被通知参见这个紧急会议。森子他们很熟，一个是搞活动接触多，一个因为这个杨娇娇也是森子的老乡。到森子宿舍去过几次，因为小良要追人家，吓得人家不敢再来了。这样的女孩子自然少不了追求者，据说现在已经有了一个个头很高很帅的男朋友。

安排完工作，森子则开始认真撰写“一二·九”发言稿件。他这次要代表学校全体学生发言。

那天晚自习上，森子接到班级后面传过来的一个纸条。森子看了表情很是木然。原来是帆的。她说晚上过生日，希望她能到场。

森子不知道为何今天她突然给他这个纸条。纸条上说还有好几个老乡。

晚上森子去了。中途的时候森子便退场了。第二天听说森子走后，帆喝多了，一个劲儿在那里唱“萍聚”这首歌。第二天下午放学的时候，森子又接到了帆传来的纸条：说永远祝福森子幸福！

森子不愿在回忆往事了。便不再理会，一笑了之。

整个学校这两天都开始忙活起来。

十二月九日，早九点，学校大礼堂。主席台上方悬挂着红色的条幅，写着“纪念一二·九运动，弘扬革命精神”的字样。校长等领导端坐在主席台上。市里的团委领导、副市长也到场了。因为校长本身就是市人大代表，所以才能请得动这些大人物。

全校一万多名学生，楼下、楼上挤得满满的。

市里也派来了录像的、拍照的，场面很是壮观。

九点十五分，杨娇娇宣布纪念“一二·九”文艺汇演现在开始。之后以一一介绍到场的嘉宾、领导。接下来校长讲话、嘉宾讲话。

这些领导讲完后，森子开始上台代表学生发言。

森子从旁边走上讲台的时候，台下掌声雷动。尤其是杰子看到森子站在那里，文质彬彬的样子感觉到他更潇洒了。

“诸位领导、诸位嘉宾、广大的同学们，大家上午好！……”森子的声音听起来非常有磁性。通过麦克风传出来，更是荡气回肠。好多女生听得都晕了，尤其杰子听到身边的女人啧啧的赞叹，心里很是美滋滋的。

森子讲话，语言优美，铿锵有力，讲完后台下掌声雷动。尤其杰子激动得有流泪的感觉。接下来是中文系女生合唱：让我们荡起双桨。这可是校园里流传甚广的老歌了。台下很多人都跟着唱，台上台下通过音乐的波浪融合在一起。

森子下了主席台便开始到各个出入口巡查。一些学生会成员都站在出入口把持着纪律。

下边由中文系的贺霏霏表演健美操。霏霏上场了，体型真是匀称，线条凸凹有致。下面的男生可是睁大了眼睛。霏霏在台上舒展、跳跃、下伏。博得了阵阵精彩的掌声。

霏霏下了舞台，在临近的出口，一个男孩，应该说另一个男孩子忙过来给她披上了衣服。这个男孩子个头很高，看着很精神的样子。正好森子转到这里。看到了这个陌生的男孩子，心里不由暗叫道：不知道这又是她的第几个受害者。

这时候霏霏看到了森子，忙对森子说："班头，这是刘永。我大哥。"

"嗯！你好！"森子伸出手，和他握了握手。

"久仰大名！"那个叫刘永的对森子说到。

森子轻摇头说过奖了。

这个刘永给霏霏披上了衣服，二人便一同走了。

整个汇演大约持续了两个小时。活动完事后，通知说整个学校下午都休息了。结束后，森子和一些学生会的留在现场作善后工作。森子正在主席台上缠麦克风的线，听见台下有人叫。原来是阿丽和杰子站在台下。森子走过来，探身。"今晚有空吗？"杰子仰脖问。

"今晚，如果联合国不通知我去，估计就应该有时间吧！"森子打着官腔道。

"你真恶心呀！"阿丽一下捂住嘴巴，冲森子喊道。

杰子在下面也笑得捂住嘴巴。

"杰子让你下来有点事。"阿丽冲这森子喊道。

森子一下子从一米多高的台子上跳了下来。

森子刚站定，杰子过来，用手在森子腰部喝肩部比画了几下。之后便说没事了。森子被弄得迷糊了。

阿丽和杰子走出几步后，杰子突然回头喊道："下午 4 点在我们宿舍楼下等我。"

森子到食堂简单吃了点东西，便回到宿舍，其他的还都没回来。森子一下子倒在了床上。这一跌倒在床上才感觉到了累。其实这次活动的整体策划安排主要是由森子负责的。忙起来的时候，倒是没感觉到什么，现在一下子过去了。才感觉到了有种虚脱的感觉。于是倒头便睡，这一觉醒来的时候竟然 5 点了。

森子突然想起来杰子的约会，迷迷糊糊地起来便给杰子的宿舍挂电话。森子紧紧抓住电话，但是响了那么多声，之后就是嘟嘟声。

森子很无奈地放下电话。杰子没有配传呼机。看来一时间是找不到了。回身看到外面已经亮起了灯，三三两两的同学在楼下的操场走过。

这时候宿舍放在桌子上的电话急促地响起来，估计是杰子打来的。森子忙过去接起，原来是宋哥。是宋哥回来了。让森子过去吃饭。

原来，宋哥在家里待了一段时间还是决定回来。说躲避也不是办法。他们一起吃的饭。宋哥说没联系上阿力。两人聊完已经八点多了。于是森子便告辞。

森子回到宿舍的时候，阿龙他们都回来了。森子一进宿舍，这三个家伙便开始鼓掌，给森子给弄懵了。

“来，美女又给你送来贵重礼物了。”小良从森子床上拿过一个大的银灰色的塑料包递给森子。森子拿在手里很是疑惑。

“傻帽打开看看吧！”小良示意森子打开。森子把塑料包放到了书桌上。扯开塑料袋开口处的两道透明胶，伸手取出了一件灰白相间的羊毛衫。

“哇！好好令人羡慕啊！”趴在上铺的曹小文赞叹道。

“这是怎么回事？”森子问道。

“阿丽和杰子一起送过来的，她们等到七点半你还没回来，便走了，刚刚走。”阿龙说道。“这可是正宗羊毛衫，至少四百多！”阿龙用手抓了抓，接着说。

森子还是很疑惑，把羊毛衫抖开了。里面竟然还夹着一封折叠成心形的信。森子打开，原来是杰子写的。字体很大方，说：今天不知道你为什么失约了。我今天出去给你买了一件羊毛衫，想让你到我们宿舍试试的，但是一直没等到你，我知道你事情很多，很忙，所以就给你送来了。你试试合不合适？如果不合适，三天内可以换的！落款写着杰子。

杰子突然想起今天在大礼堂的时候，杰子曾用手在森子的腰间和肩膀处比画了几下，原来是在量尺寸啊！现在森子明白了。不由一阵感动。人家好心给自己买羊毛衫，等自己去试，自己还睡过头了，真是不该！森子很是自责。

但是这么贵重的物品我怎么能随便接受呢？森子突然想。

第二天森子跟阿丽说不想接受这么贵重的礼物。“你不了解杰子，她如果给你买了，就是真心的，如果你还她，她肯定会很伤心。这是一个女孩子的最真的感情表达方式。你还是老实穿上吧！”阿丽劝说着森子。

森子还是有些犹豫。吃完晚饭回到宿舍，凤儿和阿龙在。森子对阿龙说：“我真的真的不太敢接受这么贵重的礼物啊！”

“这有什么，你就收下吧！送出去的礼物你再给人退回去，这也太卷人面子了吧？”阿龙说。

“就是啊！不要辜负人家的一片真心呐！”凤儿也劝他。

森子叹息了一声：“俺娘说了，不要轻易接受人家的礼品，咱们偿还不起啊！”

“这可是爱情啊！感情的债务你能偿还的起吗？”凤儿不依不饶地问森子。

“好了，我先接受了。”森子很无奈地举手投降了。

“对了，我想跟你说个事情。我和凤儿刚刚在学校附近租了个房子，想明天就搬出去住了。”阿龙说。

“你这家伙搞得这么神秘和迅速啊！”森子瞪大眼睛说。

“没办法，为了长相厮守嘛！”阿龙说完，一把搂过凤儿。

“真烦人！也不注意点。”凤儿挥动胳膊，挣脱了阿龙地怀抱，面色羞红的说道。

森子想笑还笑不出来。想到阿龙要搬出去了，顿时感到很失落。

“他们知道吗？”森子向小良和曹小文的床铺示意了一下问道。

“他们早知道了。就在你这里是新闻。谁让你整天介的忙了。”阿龙说。

“都去寻找自己的幸福和安乐窝去了。那就祝福你吧。明天什么时候搬？”

“晚上放学吧！”

“好，你的东西也不少，我叫几个同学来。”森子说。

早晨起床的时候，森子拿起杰子给买的羊毛衫，在手里掂了掂，没有穿。

到了学校，森子叫宣传干事通知宣传部的学生会学员第二节课下课到会议室开会。森子对这次“一二·九”活动做了一下总结。并对元旦联欢会做了安排。

下午的时候，班主任薛老太太满脸堆笑地来叫出了森子。在走廊里，她悄声告诉森子，学校第一党小组讨论了森子，他已经被确定为下一批发展对象。从明天开始就要开始搞外调了。让森子把家庭住址和村里的村委会地址提供一下。同时提醒森子从今天开始更要注意言行举止。

放学了，森子叫了阿文等四位男生回到宿舍。阿龙早回来把行李捆好了。装衣服的箱子、各种包还真不少。阿龙叫的拉货车已经停在了楼下。大家开始向上装。

收拾完之后，阿龙和森子和小良又去凤儿的宿舍把凤儿的东西向下搬。

看到桂芹，森子故意大声地跟桂芹打着招呼。桂芹勉强一笑。

但是宿舍杨娇娇却没在。森子问桂芹，桂芹说大姐出了点事，在医院里。

“什么？昨天还好好的，怎么今天就住院了？”森子不解地问道。

“不是她住院，是他的男朋友。”桂芹边说边向杨娇娇的床上一指，在靠墙一面贴着一个杨娇娇和一个男孩子的亲密合影照。那个男孩子个头很高，戴副眼镜，气质很好，一个是潇洒的帅哥，一个是窈窕的淑女，两人看起来很般配。

森子笑了笑，开始搬东西。

桂芹等几个他们同宿舍的姐妹都下来送。跟着桂芹身后，一直有个小男生。面色很白，个头不高，瘦瘦的。一看像南方的。阿龙说是桂芹刚处的对象，福建的。这个男生倒是很柔顺的样子，一直跟着桂芹。而桂芹的表情看起来很是木然。

好家伙，连阿龙的行李、盆、鞋什么的堆了一小车。

森子让凤儿坐到驾驶室里，之后领着几位同学跳上车兜里。大约十几分钟，车拐进了一个小区。

三楼一个套一房间。红地板、双人床、衣柜、电视一应俱全。真是很不错，像个名副其实的家了。

东西都搬上来了。森子让自己班的几位同学先回去。阿龙不让，说一起吃个饭。

在附近的小酒店，阿龙安排了一顿。森子和阿龙碰杯的时候表情有点漠然。小良眼尖，用胳膊肘碰森子："别像个娘们似的，阿龙可不是重色轻友之徒。会回来常看咱们的。"

森子笑了笑。

"对了，森子一会儿跟我回宿舍简单收拾一下，之后我们去医院看看杨大姐吧！"阿龙说。

"好的，我们优秀的主持人出事了，理当去探望啊！"森子笑道。

"别总打你那个臭管腔。"阿龙给了森子一拳头。

其他的人都回去了，森子随阿龙重新上楼简单把东西归拢了一下，便下楼打车去附近的中心医院。

在院门口，阿龙和凤儿买了点橘子和香蕉。森子想掏钱阿龙没让。

住院部在后面的大楼。凤儿知道房间就在前面带路。306 房间，推门进去之后，里面有六个床铺。森子一眼看到了杨娇娇，坐在最里面的一个床铺前。

杨娇娇正背对门口，拉着躺在床上的那个男孩的手说话。

“杨姐！”凤儿喊道。杨娇娇回身看到森子他们忙起身来迎。

杨娇娇面色有些憔悴，犹如大病的西子。“你们怎么来了？”杨娇娇说。

到底怎么回事？凤儿向前走了一步，望了望床上躺着的男生。叫了一声，“张哥好！”

这时，这个男生胳膊支床，想向上起身，凤儿忙过去搀扶。阿龙示意森子叫张哥。森子也叫了声，也走了过去。

张哥的头部裹着一层纱巾。眼角处也贴着纱布。眼睛很是红肿。“到底怎么了？”阿龙焦急地问道。

“昨天晚上我们一起到附近的公园溜达，在公园门口突然冲过来几个人，拿着棒子就打他。我忙喊人。几个人打了几下就跑了。我也没弄清怎么回事。”杨娇娇小声说道。

“你们最近得罪过谁吗？”阿龙问。

“我从来没有啊！他更别说，你打他他都会冲你笑，十足一个软体动物。”杨娇娇指指张哥。张哥靠在床头，冲他们笑了笑。一个很腼腆的大男孩子！

“这就奇了怪了？”阿龙念叨了一声。

“你们处对象多长时间了？”森子突然问道。

“两个多月了吧？”杨娇娇说。

“那你们是不是经常一起出去？而且大多时候都是到附近那个公园逛？”森子说。

“对啊！你怎知道？”杨娇娇很是诧异。

“是不是还有不少追求你的？自己班和别的班都有？”

“那是啊！追杨姐的后面一排呢！这几天还有人一直想找杨姐呢！”凤儿插嘴道。

“如果我没猜错，这是张哥的情敌干的。他们或者是嫉妒或者是警告。以后你们尽量不要在晚间出去走了，也不要到人少的地方走。”森子分析说。

“嗯！有道理。”阿龙马上应承道。

杨娇娇好像陷入了沉思。突然说：“前几天是有一个人警告我，让我马上离开张哥。”

“是谁？”阿龙一攥拳头，眼睛圆睁。

“这个，我再核实一下吧！幸好没出大事！”杨娇娇说完扭过头看着张哥，不再言语。

“完了再说吧！”森子看出杨娇娇不愿意说出来，便捅了阿龙一下说。

“来，你们吃橘子。”杨娇娇接过凤儿递过的水果袋，从中拿出橘子给大家分。

“等他好了之后再说吧！现在我没有别的心情了。”杨娇娇说。

大家回来的路上，阿龙说要调查一下这事。“如果让我逮到这伙狗屎，我扒了他们的皮。”阿龙愤愤地说。

森子回来到宿舍，他们两个都去上自习了。看到阿龙的位置突然空了。森子的心里蛮空落的。

森子拿起手巾和脸盆到盥洗间洗漱了一下。回来时走到走廊听见宿舍电话铃声大作，便匆匆往回跑，接起来，原来是杰子打来的。说有事情要找森子。森子犹豫了一下，“人家都好几天没看到你了。”这时候杰子那边的声音开始有些撒娇的意味了。其实现在时间不早了，森子说在校园里走走吧。说好在她们宿舍楼下见面。

森子到了她们楼下，杰子还没下来。今天的月色不错，不过清冷得很。森子在那里来回踱着步。

杰子终于下来了。长发飘飘，面带微笑。手里还拿着一摞东西，走近了才看清是信。

“这两天人家老是睡不着觉。”杰子一看到森子便说道。

“睡不着？吃多了吧？”森子开玩笑说道。

“哼！还不是因为你！”杰子语气里略带嗔怪。

“为了我什么？别故弄玄虚。”

“有人向我投诉你啊！”边走杰子便没好气地瞥了森子一眼说。

“投诉我？啥意思？”森子问。

“说你不知道玩弄过多少女孩子了，说你经常把人家女孩子领回宿舍，说你脚踩两只船……”

杰子还在说，森子马上把右手食指顶住左手手心做了一个暂停的手势：“你别编故事了，我鞋歪不怕脚正了！”森子故意把话说反，逗得杰子捂嘴直笑。

女人是多疑的，总是喜欢故意试探男人，森子心里暗想。

“真的有人投诉你，我不是和你开玩笑。”杰子这时候扭头对森子很认真地说道，“我有证据的，你看。”杰子便说边把一大摞信件塞到森子手里。

森子接过来，还是很疑惑。

“你们班是不是有个叫作宫小辉的？”杰子问。

“对啊！河南的，个头不高，很老实个小孩。”森子说道。

“是很老实啊！从我到你们班级上晚自习开始，我已经收到了他写给我的二十八封情书了。他说会继续给我写，直到我答应他。”杰子边说边把手里的那摞信件向森子扬了扬。

森子听后简直不敢相信。这个宫小辉一向腼腆内向得很，在班级里几乎不说话，偶尔在班级搞活动时，他起来说不了两句便没词了，语言也前言不搭后语的。不过他有个爱好，也很爱写作，经常在校报和本市的报纸上发表一些小豆腐块文章。校广播站的校园之声也曾播过他的稿子。

真没想到这家伙在追杰子！而且还这么执着。森子不由笑了，真是人不可貌相啊。

“有人追好啊！”森子看看杰子幸灾乐祸地说。

“那是啊！现在后面还跟着一个排呢！”杰子瞥了森子一眼说。

“被追随是好事啊！比如一朵花，总会吸引那么多的蜜蜂和蝴蝶。不过我还发现一种现象，还有一种事物，也会吸引很多的追逐者。”说到这里森子略作停顿。

“还有什么？”杰子问。

“是什么呢？你猜猜看，在大夏天，那么一大堆一大堆的苍蝇嗡嗡地追随着。”边说森子边伸出胳膊做出手捧着一大堆一大堆的样子，咕着嘴。

“好啊！你拐着弯骂人。”杰子说完，伸出手，一下子就掐了过来。

“好了，不闹了，杰子说道。人家在问你正经事，你能告诉我那个帆是谁吗？”

“帆？”森子听到这里一愣。杰子怎会知道帆？突然就明白了，她们都是青岛的。没准早都认识了呢。

“嗯！你都知道了。”森子没有回头看杰子。

“我哪里知道她是谁啊？是这个宫小辉说的。说你们——”

“嗯！大丈夫光明磊落，我和她是有过一段。”

“这个我知道，我是说最近你们——”

“最近怎么了？”

“有人说你们旧情复燃！”

森子听到这里又好气又好笑，摇了摇头。“这又是那个宫小辉说的？”

“嗯！所以我才着急找你啊！人家这两天就是因为这件事睡不着嘛！”杰子一副很是委屈的样子。

“那你是信我还是信他呢？他明显是有目的的。”

“我要是不信你就不跟你说了。”

“其实在‘一二·九’之前，她邀请我参加了一个生日晚会。我去了，不管怎么说还是同学是老乡嘛！但是仅仅出于礼貌。”

“嗯！我相信你。因为我对自己有信心。其实我早找过她。”

“嗯？”森子很是惊讶。

“为了对你全面了解嘛！这些事情其实在我真正接触你之间，我都了解了。对于你的风流韵事也是有点了解的。哼哼！”

说到这里。杰子开始故意卖关子了。

“第一次找她是因为我们都是青岛老乡。第二次找她是告诉她我们的关系。”

森子听到这里不得不佩服杰子是个颇有胆量和心计的女人。

“我知道你没有说谎。对你我还是值得的。”杰子略显自豪的语气。

“哈哈！你知道这个宫小辉怎么说你？”

“怎么说？”

“说你是个伪君子，表面上道貌岸然，实际上利用权力到处欺骗小姑娘。说你玩过的女孩子不计其数。他还列举了几个名字呢。像什么霏霏、波儿、桂琴、梅子等等。哈哈！”杰子边笑边说。

森子也附和着笑了笑。

森子笑过之后还真对这个宫小辉另眼相看。因为这几位女孩还真是都追过森子。都是自己班里的，但是不知道为什么这个不善言辞、一直默默无语的家伙竟然这些事都知道。看来他一直很关注我的私生活啊！这不是十足个狗仔队的爪牙吗！幸亏自己是个检点之人，否则还真是落在他手里了。真是又好气又好笑。

“很显然只是一种不正当竞争！”森子举起拳头，故意神色庄严地说。

“呵呵！人家还说别看人家个头小，可是胸怀大志呢！他还一一列举了什么拿破仑、邓小平虽然个头小但是世界伟人。他说他在写作上不服你。因为他立志要当个作家呢！”

“哼！他娘的还作家，这么阴暗的家伙，当作家比歌德不还得厉害。歌德一部《少年维特的烦恼》让多少人自杀。这家伙要是一部小说下来，还不知道拆散多少美好姻缘呢！可别危害民族，危害社会了！”森子没好气地说。

杰子在那里笑得肚子疼。

“对了，他真的说要给我继续写情书的，有的是直接让人递给我，有的是通过邮局寄。你说该怎么办啊？”杰子似乎很无奈。

“恶心！如果是正常的竞争我是不怕的，但是像他这样，我真想拉出来扁他一顿。”

“你可别，刚刚当上校宣传部长，再者说现在是入党考核的关键时期。我可不希望你出事。你知道就行了，我会永远相信你的。”

森子转头看了看杰子坚定的表情。

两人不知不觉又走回了女人宿舍楼下。

“好了，你早点回去休息吧！别杞人忧天。”森子看了看表，九点半多了。

“你敢不敢在这里吻我？”杰子突然歪着头问森子。

森子一愣。四下看看。没什么声音。便快速地上前亲了杰子的唇部一下。

杰子看着森子紧张的样子不由笑了。“好了，看把你吓得。这些信你看看吧？”

“我才没兴趣，你自己睡不着的时候，好好咀嚼吧！”

“讨厌！那你看我是还给他还是扔掉？”

“你自己处理吧！”

“那我明天还给他！好了，你也快回去休息吧。我今天确实是心里不舒服才找你的，我不会总打搅你，放心。Goodbye！”说完，杰子捧着那堆情书扭身上楼了。

森子回来后，想了想觉得这个事情很是好笑。

进到宿舍，健将小良又在呼哧呼哧地练哑铃。边跟森子说，明天早上把宿舍好好收拾一下，说是有个女孩子要来。

曹小文和森子不由睁大了眼睛。看来这个小良也开始行动了。

大家开了一会儿玩笑，又设想了一会儿阿龙、凤儿“小两口”的幸福生活便关灯了。

森子躺下后没有立马睡着，瞪着漆黑的顶棚，他想到了那个大眼睛的，温柔可爱的帆。那刻骨铭心的一直深深埋藏在内心深处的一个痛！

那是刚开学不久，一次班级里的山东老乡搞聚会。也不知是谁那么厉害，竟然调查处森子的老家也是山东的。

聚会是在帆的宿舍过的。帆一入学便没有住在学校宿舍。据说她父亲是电视台台长，母亲是政府要员，家里很有钱。她父母一开始就觉得学校宿舍条件不理想，便给她在学校附近租了一个套一的房子。父母给她找了一个大妈做保姆。但是过了一段就让她给辞退了。

她喜欢买着吃。老乡聚会这一天，帆说钱都由她负责。算上森子一共是八个老乡。五个女生，三个男生。其中一个叫做海灵的女孩子，是威海的，她的同桌。海灵现在就住在帆这里。给帆做伴。海灵个头不高，喜欢笑，但是很温柔和腼腆。

大家一同到附近楼下超市买了火腿、烧鸡、面包和一些水果等。在帆的提议下大家搬了两箱青岛啤酒。在地板上铺了一块儿花格子的塑料桌布，大家便盘着腿开始了。

这其中有一个男孩子也是青岛的，皮肤白嫩，嘴很会说，很是照顾帆，总是很殷勤地给帆夹菜。但帆似乎对他不太在意。

山东人实惠，说喝就喝，连女孩子也不含糊。从上午十点多钟大家竟然喝到下午四点多钟。先是几位女生基本上瘫软了。没想到帆蛮厉害，虽然打晃了，还是和几位男生一起把那五位“面条”一一搀扶到自己那个宽大的双人床上。之后又回过来，跟几位男生喝。就这样，帆作为女生杰出代表和森子他们又开始了新一轮大战。

结果是，那几位男生也纷纷趴下了，倒在了地板上。最后只有森子和帆还在举着酒瓶子碰“杯”。喝了一会儿，帆结结巴巴地说想到江边走走。森子稍微有些迷糊，但是看到帆似乎有些郁闷，便只好奉陪了。

就这样把那几个醉鬼锁在了屋里，两个人下楼。下楼时，基本是森子在搀扶着帆。帆嘿嘿地笑着。说森子像她爸爸。

帆说想爸爸、妈妈了。

帆的宿舍离江边不远。穿过一个小区便到了。江边的水泥小道上有一些人在散步，夕阳西下，江水荡漾着火红。两人徐步走到江边一个小广场上。这里分布着一些年轻女子读书的、跳舞的石头雕像一阵风来，帆哆嗦了一下，抱起膀子。森子忙脱下自己绿色的夹克衫给她披上。帆双臂交叉拽住夹克衫，望了森子一眼，眼圈有些红。

帆望了望红色的江水，下到了水泥斜坡上。坐了下来。森子忙跟了下来，怕她滑下去。

帆似乎很忧郁，喃喃地说：“妈妈很长时间没来看我了。”

帆天生一副娃娃脸，再加上这副样子，在森子眼中，更像个孩子了。

森子便开玩笑说："你真像个刚断奶的孩子。"帆回过头说："你真说对了，每次妈妈来看我，我都舍不得她走，想跟着回家。"说完觉得有点儿不好意思了，脸顿时通红。

森子也只是低下头笑笑。

风吹着，森子感觉到清醒了不少。但是有些冷，便也抱起了膀子。

"你学习很好啊！听说很有才，以后要多多指教啊！帆趴在膝盖上歪头对森子说。"

"哪里？差远了，咱们班里可是人才济济啊！"

"你很谦虚呢！"帆努了一下小嘴。

天逐渐暗了下来，越来越凉，森开始哆嗦。帆说："你这么瘦，还不如我抗冻呢？我们现在就回去吧！"

到楼下的时候，森子说："我就不上去了，我先回学校了。"帆脱下了森子的衣服，递给他。森子说你先披着吧！帆说不了。

森子让帆上楼。因看到帆还稍微有些迷糊，森子没有马上走，看着帆，转过身。帆走了两步，突然回过身，回来，让森子先走。森子很无奈地笑了笑说："好的。"走了两步，帆突然叫住他。森子，刚要回身，没想到帆竟然说让他不要动，听见帆走了过来，突然在森子的右脸颊上亲了一下。之后便转身跑上了楼。

森子口张得大大的，伸出右手摸着脸颊，呆了半晌。

第二天，在班级里见到帆的时候，帆就像个调皮的孩子，冲着森子不怀好意地笑。

森子突然就感到了一种莫名的东西在体内涌动。晚上放学前，收到了帆的一个纸条，约森子出去吃饭。

吃饭的时候，帆一脸刁蛮的样子对森子说："我喜欢上你了，我要你做我男朋友，好好照顾我。"森子真是哭笑不得。有这样求爱的吗？简直是不容商量，像个玩笑似的。

不过这样反倒显得帆有趣，帆一双大眼睛，忽闪忽闪的很漂亮。嘴边一笑便出现两个小酒窝。说话声柔柔的软软的，个头不高，长得小巧玲珑，整个像个小精灵。森子还是很喜欢的。

一顿饭之后，森子就被这样一个孩子似的，有些无理、有些调皮的帆给稀里糊涂的定位成男朋友了。

实际上森子在内心里只是把她定位成一个小妹妹。也好，就算照顾一下这个小妹妹吧。

那以后，每到中午两人便一起到帆的住处吃饭，每次都是帆掏钱买，她不让森子掏钱。第一，她知道森子家境贫困。第二，她父母每月都会给她三千元零花钱。她的床底下全是她随手扔的硬币和几块几块的钱。这些都是她不愿意花的。她一般只花十元以上的钱。看得出家境的殷实。森子却隐隐觉出一些不安。

她喜欢吃烧鸡，但是她只喜欢吃鸡皮。每次买了，剩下的鸡肉全是森子的。所以没几天，森子就胖了。体重在夜市上称了称，首次突破 120 斤。

两人晚上也是买回来吃。海灵故意晚些回来，弄得森子很不好意思。两个人吃完饭后便一起出去散步。

那不久，赶上帆过生日。还是这几个老乡在外饭店吃的饭，那晚帆和森子都喝多了，被大家搀扶到了帆的宿舍，大家便纷纷走了。

那晚，两人懵懵懂懂地抱在了一起。

那之后，帆要求森子每晚都过来陪陪她。在海灵下自习回来后，森子就“下班”了。

一次放晚学后，阿龙叫森子出去打台球，玩到很晚。第二天帆就大发脾气，埋怨森子不管她。森子费了很大的口舌才平息。

几天后，阿文让森子帮忙编一份文学报，忘了跟帆打招呼，结果帆又好一个发脾气。第二天放晚学后，森子跟着帆解释，但是帆就是不听，还约法三章，让森子放晚学后第一件事就是到她那里准时报到。

尤其是阿力有两次叫森子陪他出去喝酒，森子也没去。这样就让阿力十分郁闷。森子逐渐感觉到自己身边的朋友越来越少。有了帆，自己反而更孤独了。每次很晚才回宿舍，一回来，宿舍的人就群起而攻之，说森子是“重色轻友”。

但是帆把森子拴得越来越紧！帆知道森子有不少女孩子在追，有一次别班的学生会的女生在门口叫森子出去，当晚帆就和森子闹了一顿。

森子很无奈。这样维持里一个半月，于是森子决定和帆分手。

帆自然不同意，但是森子很坚决。森子那晚叫阿龙、小良出去喝酒，大醉。说，重新回到兄弟们中间。

自己的初恋稀里糊涂开始，也稀里糊涂的结束了。虽然时间很短暂，但是对森子的伤害不小。森子决定在大学期间，再不谈女朋友了。

后来森子听说提出分手那晚，帆自己到学校附近的小吃部竟然喝了几瓶啤酒。醉了后便在马路上晃。没想到碰上几个社会小青年想非礼她，幸好有几位同学经过，大喊叫 110，才将帆解救了。

不过，那以后帆经常一个人喝醉。喝醉就自己出来在街上晃。那一段她的那个老乡一直在默默陪她，看护她。

后来听说她终于被她老乡感动，处到了一起。

因为是一个班级，森子每次进班级不敢再看帆，每次无意看到的都是她充满幽怨的眼神。

“时间是最好的疗伤剂”，逐渐的，大家都平和了。但实际上帆一直在深深爱着森子，关注着森子。但是森子对她的心已经死了。

这场恋爱，班级里的人自然都知道了。到现在已经快过去两年多了，没想到“当年的罗曼蒂克”竟然被这个宫小辉给挖掘出来了。森子真是又好气又好笑。至于说还有什么森子“祸害过的女孩子”不过都是一些绯闻而已。

森子躺在床上，想起这些，不由摇头叹息，真是什么人都有哇！但是这件事情又不能声张，让阿龙和小良知道了，又要用武力解决了。想着想着便森子便睡着了。

第二天的二节课下课后，红红在门口把一个牛皮纸包的大包裹给了班级的一个同学。这位同学把它送到了后面的宫小辉。森子注意到，宫小辉打开后，表情很是尴尬。

森子微微一笑，这时看到学生会主席黄小明站在门口冲他一点头，看来又有重要指示了。两人顺着走廊走了几步，黄小明提醒森子说元旦快到了，好号召全校各系各班自行开展元旦联欢活动。各个系可以统一搞联欢。森子要马上召开会议，并准备好元旦当天校领导及学生会各部长走访的方案。

“嗨！又要忙活一阵子了！”回到班级，森子叹了口气。看来这阵子出去做家教的事情又要推迟了。

森子回到座位后思考了一下，下课后便通知了宣传干事，告诉所有宣传部人员下午第三节课到会议室开会。

下午开会自然杰子也到场了。森子坐在前面安排工作，大致意思就是各个宣传部人员需做好各个班的动员工作。重点是各个系的元旦联欢会活动。杰子坐在最后边，笑吟吟地看着前面的森子对工作安排的条分缕析，不住点头，内心里涌上一阵阵自豪感。

散会后，杰子故意留在最后，在出会议门口的时候，森子低声叮嘱杰子：要注意影响，保持距离。杰子一扭头：“我就不！”之后一笑，快步撵上了其他同学。

当晚杰子又到森子班上晚自习，还是和阿丽凑在一起。第一节自习课下课前，森子递给杰一个纸条，让她下节课回自己班级去上。杰回个纸条说，下自习后，让森子到教学楼门口等她，有事。

晚自习之后，教室里的灯关掉了，玲珑剔透的大楼顿时一片漆黑，校园里的光线顿时就暗了许多。森子和杰子在校园东面图书馆附近的甬路上并行走着。由于天冷，现在在校园里走动、约会的“鸳鸯”不多了。

“为什么不让我到你们班上自习了？”杰子问。

“你现在在学校里也是个知名人物了，还是注意点儿好。”

“老奸巨猾，你是怕我影响你入党吧！”

“呵呵！哪里，怕你绯闻缠身，你知道，我们班的帅哥、诗人多，你总往我班里钻，不定哪天又蹦出个宫小辉来。”

“好！听你的。最近我会和你保持距离，保持你的纯洁性，宣传部长大人！”杰子看了一眼森子笑着说。

“我不是这个意思。”森子忙解释。

“放心，我不是不明事理的人。对了，元旦过后，很快就要放寒假了，你知道今年啥时放吗？”杰子问。

“学校还没讨论呢，估计也就是一月中旬左右。”

“那很快了。”

“就是。”

“森子，今年我决定带你到我家去。”杰子突然说。

森子愣了一下，“什么？你把咱俩的事和家里说了？”

“还没，正准备这几天说。”

“哦！我还不知道你父母是做什么的？反正我家条件不好，都是老农民。”

“我母亲开了个家具店。”

难怪她有钱，原来她家是做生意的，森子今天才弄明白。

“那你父亲呢？”森子问。

“父亲？他——死了。”

“哦！不好意思。”

“他，等于死了。”杰子说到这里，使劲咬了咬唇。

森子感觉有事，就不便多问。

“好的，今年回家正好到你家呆呆，之后再拐个弯，回俺老家日照，反正离得很近了。”

“嗯！就是嘛！”

“好了，天太冷，我先送你回宿舍吧！别冻坏了。”森子看着杰子关切地说。

“好吧！对了，你怎么不把那件送你的羊毛衫穿上？不合适吗？”

“呵呵，合适，太珍贵了，有点舍不得穿啊！”

“留着下崽啊！你想，哈哈。”杰子笑道。

“好，那我明天穿。”两人边聊边走，森子将杰子送到她们宿舍门口，两人在一棵松树下拥吻了一会儿，便分头回了宿舍。

第六章

横遭恐吓

第二天中午，杰子吃了午饭后便拉着阿丽到学校门口的电话亭给母亲打电话。

阿丽在一边等着。突然就听见杰子在电话里和母亲吵了起来，杰子白嫩的脸一时间变得通红，说着说着就啪地一声把电话扣了。

将报刊亭里的老阿姨吓了一大跳。瞪大眼睛望着杰子。

阿丽忙过来问多少钱。“一块三毛”阿姨说。阿丽忙从钱包里摸出钱递过去，转身拉起杰子便走。

“你怎么了？怎么和你家阿姨吵起来了？你们关系一向不是很好吗？”阿丽便挎着杰子的胳膊便说。

“好什么好？她从来不相信我，不支持我。”杰子气恼着说。

“什么事情好商量嘛！”

“她才不跟你商量，现代的武则天！”杰子没好气地说。

“好了好了，我们先回宿舍休息休息再说吧！”阿丽几乎是拉着杰子向前走。

杰子叹息了一声，摇了摇头，任由阿丽拉着，回到了宿舍。

这一中午，杰子在床上翻来覆去。杰子的母亲一听杰子处对象了，就很不高兴，听说森子家是农村的就更不同意了。因此杰子也没敢说要给领回去。让杰子没想到的是，那边母亲又跟她提到了宏强。这个宏强可是一直在追杰子，这两年倒腾电脑赚了不少钱，还给她母亲买了条金项链，他是把赌注全都下在杰子的母亲身上了。这次母亲就说过年回来要给她们订婚，因此杰子就急了，和母亲吵了起来。

其实家里出了这个宏强还有一个一直在等着杰子，杰子和他处过一个阶段，是高中同学，叫阿勇。但是杰子觉得不太合适就提出分手，但那家伙死活不同意，总是找她，因此她才报了个东北的较远一点的学校，也是想躲避一下。听母亲说，那个家伙还一直在打听杰子。

一想到这些，杰子的脑袋都要大了。杰子上初中的时候，父亲因为开家具厂有了些钱，在外有了女人，母亲就和他离婚了，杰子判给了母亲。这些年都是杰子和母亲相依为命，杰子一向很尊重母亲，母亲对杰子管教比较严，放学后杰子都必须马上回家，不准在外随便玩，夏天穿衣服，也不能穿的太露骨，等等。杰子向来是“唯命是从”的。

这次杰子还是第一次和母亲吵架，心里很不舒服，觉得对不住母亲，但不太甘心。看来，母亲绝对不能接受森子的，该怎么办呢？

因为快到元旦了，学校为了提升社会美誉度，同时也为了让学生深入社会，便组织学生会成员到社会上搞活动。下午森子和学校的团委书记及部分学生会成员到市“SOS儿童村”看望那里的孩子们。代表学校给他们送了些礼物。这里森子已经组织学生会成员来过N次了，和这里的“村长”非常熟。每次来，市里的报纸都会大肆报道一番。

不过森子倒是很同情这里的孩子们，每次来都能找到些素材，“有感而发”，弄几篇小豆腐块在当地的日报上发表。换些稿费。每次发表的东西都会被学校复印下来，放到学校的几个宣传栏里。当然学校的校报也都会全文转载。当然这些森子已经不太在意。

下午这一折腾，森子有些累了。早早到食堂吃了点饭，就回宿舍睡了。

曹小文和小良吃了晚饭之后便先后回到宿舍。小良进屋看森子已经在那里“烀猪头”便说：这家伙，真是比总理还辛苦啊！”“呵呵！家事、国事、天下事啊！当然还有情事！哈哈。”

森子突然翻了一下身。两人怕吵醒了森子，忙都捂住了嘴巴。

小良站在窗前，看着楼下的篮球场。天黑得早，楼下已经亮灯了，那些打篮球还是意犹未尽。“要是阿龙在就可以一起下去打篮球了！”小良念叨着。

“他还不知道到哪里快活去了，这些人，有了女人就忘了朋友。”曹小文满口怨言。

“谁让你长得那么困难了，你怎么不处一个？”

“你不也跟我一样是个老光棍儿，还说我？”

小良也没话说了。停了一会儿，小良说：“我发现一个美女，就是凤儿她们宿舍的，那次还帮凤儿搬家了呢。我想搞她。”

“别光说不练。”

“唉！人家和凤儿一个班，是学法律的，咱也接触不上啊！”

“笨蛋，你让凤儿帮忙不就行了。”

“对呀，我咋就这么笨呢！”小良一拍大腿说。

“要找凤儿就先找阿龙。”

“那当然，我马上给他打传呼。”

“猴急呀！你”曹小文瞥了一眼小良。

小良确实是个急性子，说干就干，马上就给阿龙打了个传呼。没两分钟电话就响了，阿龙问什么事。小良说大家都想他了。阿龙说正好今晚凤儿没舞蹈课，让森子、曹小文都来玩。

小良一听真是天赐良机，放下电话，直接扑到森子床边，一把将森子晃醒：“老大呀！别睡了，到站了。阿龙叫咱们去玩，今晚。”

森子坐起来，揉了揉眼睛，迷迷糊糊问怎么回事。小良说阿龙有事叫咱去一趟。森子本来计划今晚到图书馆看会儿杂志，一想到好久没见到阿龙了，正好过去看看。

三人也没骑自行车，走着出了校园。

这一路上，小良让森子是又好气又感觉好笑。小良这家伙太敢于表达了。看到一个女孩子漂亮他就敢去紧跟人家身后盯着看人家的臀部。曹小文笑话说：“这是到发情期啦！”森子则被吓得直冒虚汗。这北方的女孩子可不好惹，一旦让人发现，回过身骂他都是轻的，不踢几脚才怪。但是没办法，这个小良就这样直接。

“看来，真该帮他介绍个女朋友了，这家伙块头大、体格好，对女孩子的渴望肯定厉害！”森子也不由跟曹小文打哈哈。

“哈，森子你可是第一次说出这样大胆的话！”曹小文笑道。

“呵呵！”森子笑笑，“开个玩笑。”

大约二十分钟左右就到了。阿龙、凤儿到门口迎接。

他们的小屋子里铺上了泡沫板，墙上到处贴着阿龙崇拜的李小龙的贴画，客厅里买了电视和沙发椅。屋子顶还拉上了拉花。紫色窗帘瀑布一样垂下来。窗前的暖气片烧得也很热，整个屋子已经被布置得很温馨了。看凤儿，满脸幸福状，这小两口就这么过上了，还挺像回事，森子想。

“啊！真是个浪漫的伊甸园啊！”小良赞叹道。

“呵呵！咱们都坐。凤儿给冲几杯咖啡。”

“你们真令人羡慕呀！”森子说。

“嗨！这几天正商量过年去她家的事情呢！从来没去过，有点怕”阿龙的大黑脸竟然红了一下。

“看来这回真动真格的啦！”森子说。

“呵呵！前两天她爸妈来了，我们见面了。”

“啊？”听了这些，森子、小良、曹小文都不由啊了一声。

“结果呢？”他们齐声问。

“哈哈，顺利过关。”阿龙一下从床边蹦起来。

“你臭美啥？”凤儿边向茶几上放咖啡，边说。

“那就祝福你们。”森子说。

“别只顾你自己啊，你适当也得想想咱们这群光棍儿。”小良品了一口咖啡说。

“这东西得自己争取，别人帮不上忙。”阿龙说。

“别那么保守，传授点泡妞秘诀吧！”小良笑着说。

“他呀，老有经验了。不知道有多少纯情少女都让他给迷惑了。”凤儿手里端着杯咖啡做到阿龙身边说。

“你瞎说，我掐死你。”阿龙回身，作势掐住凤儿的脖子。吓得凤儿直喊救命。

大家就坐在那里哈哈笑起来。

“对了，凤儿，我问你一个人呗。”小良说。

“谁呀？怎么回事？”凤儿边说边把咖啡放在了床头柜上。

“上此帮你搬家，好像看到你们宿舍有个个子很高的女孩子，头发也特别长。眼睛特别大——”

“人长得也特别漂亮。”没等小良说完，凤儿便接过话茬，“她呀，是我们宿舍老大，叫李颖，家是内蒙古的。你是不是想追人家呀？不过听说人家有对象了，是个当兵的。”

“当兵的？只要不结婚，我就有机会。”小良笑了笑。

“你别瞎胡闹小良。”这是阿龙说话了，“待两天我给你介绍个。”

“我还就看上她们宿舍老大了，我明天就去追她。”小良说。

“你这么有信心？”森子这时插话。

“就是，全校我就看着她顺眼。”

“好！我支持你，尝试一下再说，不尝试怎么能知道行不行。这个世界，没有改变不了的。”曹小文竟然大力支持道。

“她每天晚上都喜欢到图书馆看书。”凤儿说。

“好的，谢谢，成功了请你们吃糖。”小良一下子很兴奋地握了握拳头。

“小良你可要注意点分寸。”阿龙知道小良很鲁莽，便提醒道。

“好了，我们打会儿扑克吧！”凤儿边说边趴到床上从枕头底下掏出一副新扑克，“我早准备好了，就等你们来玩了。”

“好，我们打升级的，两人一伙，曹小文当裁判，哪伙输了就请客。”阿龙说。

大家把茶几收拾了一下就开始玩起来。

不知不觉时间已经九点多了，森子说该回学校了，学校十点关门，再晚了不行。于是大家告别。

三人跺着脚，小跑着回到了学校。

这小良是说干就干，第二天晚上就开始到图书馆盯上了李颖。接下来几天，小良每次回来都很兴奋，也不知道结果如何。森子和曹小文都替他捏着一把汗。没想到第五天，小良就把她领回了宿舍。

那天吃了晚饭，森子和曹小文陆续回到宿舍。刚回来，小良便也会来了，后面竟然还跟着个美女。就是那个李颖。个头确实够高的，几乎顶到门框，比小良高出一个脑袋，长发披肩，有点模特的感觉。

小良刚想给介绍，李颖就说：“这就是宣传部长丁广森吧？久仰大名，早就听凤儿提过了。你们好。”李颖看着森子，笑着说。

“哦！你好，这位是王克，新疆维吾尔自治区的。”森子指指曹小文。

“你好！”李颖很有礼貌地点点头。

“来，都坐呀！等会儿，我马上给你找找。”小良说着就蹲下去，从床下把他的皮箱拽了出来。

他想找什么？森子不太明白。

不一会儿只见小良从皮箱里翻出一张没有装裱的画，展开在床上是国画牡丹。那牡丹一大朵一大朵的红艳团簇，显得雍容华贵。对了，小良家是洛阳的，洛阳的牡丹最出名，难怪他有这个，森子想。

“这是俺弟弟画的，他现在在中国美院学习呢。就送给你吧！”小良跟李颖说道。

“哎呀！这怎么好意思，本来你说有，我只是想来看看的，我就是很喜欢牡丹。能看看就行了。”李颖忙解释道。

“没关系，我还可以让弟弟给画嘛！就送给你了，别客气。”小良说着就把画圈了起来，塞到王颖手里。

“这家伙，还有这个宝贝，我们都还不知道呢！”曹小文大哈哈道。

“那就谢谢了，改天请你吃饭。”李颖有点不好意思地说，“那我先回宿舍了。再见！”李颖向大家告辞。

小良忙给开门，跟着送了出去。

森子看了看曹小文，曹小文看了看森子，都笑了。看来这家伙是“旗开得胜”。

小良回屋后，曹小文便问：“快说，用得什么招，从实招来。”

“嘿嘿！这仅仅是第一步，我还有好几步，都设计好了，一起按计划进行。”小良笑笑说。

“别卖关子啦，快说出来，咱也学学。”曹小文催促道。

“跟踪追击、主动接近、了解其爱好、兴趣，各个击破、循序渐进，哈哈！”小良自豪地说。

“哎呀！爱情专家，没看出来呀，有一套呀！”曹小文冲着小良竖起大拇指。

第一节课课间，班级的通讯员又开始发信了。这向来是个牵动人心的时刻。当通讯员每次拿着一大摞信件走进班级，班级里的每个人都眼巴巴地瞅着，希望能叫到自己的名字。甚至有的手扶着桌子边缘，随时等着起身接信。也许是家信、也许是朋友的、同学的。反正都在盼。尤其是年终岁尾，大家的这种感觉就愈发强烈。

相对来说，森子每次几乎都有信件，主要是杂志社的多些。有的是寄样刊、样报，有的是用稿通知、有的是读者来信，当然也还有退稿信。

这次也毫不例外，但只有一封，森子接过来就很纳闷，因为信的下端竟然没写寄信地址。森子撕开信封，里面的信笺是彩色，这是一般女孩子的习惯。也不足为奇，很多读者都是小女孩子。森子展开一看，不由神色凝重起来。

森子跌坐在座位上，一遍遍看着这张蓝色的信笺。只见上面写着：

尊敬的大才子，最近一定很幸福吧！听说你们学校的校花被你拿下啦。厉害！但是，我想告诉你，我们的大哥也看上她了。听着：从今天开始，别再跟她来往，否则，让你入不上党，让你这个宣传部长丑闻满天下。小子，识相点，我们有人在盯着你。

一个你背后的人

森子看着这封短信，伸出手扶了扶眼镜，苦笑了一下。这究竟是谁？是不是前些天那个跟踪自己的人？杰子不说已经搞定了吗？要不要把这封信的内容告诉杰子？

森子陷入沉思。

“怎么了，大哥？又来封情书？”同桌的梅子扭头笑嘻嘻地问。“别瞎胡闹！”森子瞪了她一眼。

中午吃了午餐回到宿舍，森子躺在床上翻来覆去。迷迷糊糊的就睡了过去。

森子一睁眼，看看表已经两点多了。幸亏下午没课。下午学生会也没事，森子没有心情学习。想起来好久没去图书馆了，先去图书馆看看吧，正好查查自己有没有新东西发表。

图书馆离宿舍不远。森子一般都是去三楼的期刊室看杂志。森子掏出阅览证，在门口处放下，换出一张阅读卡。

期刊室很开阔，摆放着一排排座椅，同学们三三两两地坐在那里安静地阅读着。靠最里面是一排排期刊架，森子走向那排文学期刊栏，拿出几本诗刊。

简单翻了一下，转身选择了一个位置坐下，认真地看了起来。

突然看到著名诗人大卫写的一首有关母亲的诗歌，读着读着就有落泪的感觉。“整整二十年，母亲，我还记得/那个夜晚，你像一盏灯/被风吹熄/哭号都没有用。12岁的我/甚至还不知道/什么叫绝望与悲伤……当我在你的坟前跪下/发白的茅草，谁是你的根/母亲，这些年来如果不是你/守住这个地方/我又到哪里去寻找故乡”

这是诗人大卫在怀念去世的母亲的诗歌，语句平实但有种直抵骨子的力量。森子的母亲还健在的，但是森子就是从骨子里喜欢歌颂母亲的诗歌。森子感激着母亲。

父亲一直在外打工，而家里的一切都由母亲一人打理。家里还有一个姐姐，刚刚嫁人。身下还有个小弟初中没念完就辍学了，娘说剩下钱供森子上大学。农村一年主要就是靠那十几亩地生活，而这几年收成又不好，所以家里生活是很拮据的。但是娘总是能按时将学费给森子寄过来。森子知道这都是母亲从父老乡亲那里用高利息抬来的。

而为了还上钱，母亲在大冬天挨家挨户地推销袜子和小件衣服。“妈有一次到邻村去推销，大腿被大狗给咬了一口。娘是老实人，这户人家道个歉，娘就说没事了。回来后，娘为了省钱，连狂犬育苗都没有打。现在还在大腿上留这个大伤疤呢！”这是去年寒假回家时大姐偷偷告诉森子的。

森子听后就有泪水在眼圈打转。

为了供森子上学，娘真是砸锅卖铁啊！一想到这些森子心里很难过。每次回来都看到娘又瘦了一圈，娘在家里省吃俭用，日子过得非常清苦。而每次森子一回来，娘都回兴冲冲地跑到小卖部割块肉回来包饺子。“哥，你多回来几趟吧，你每次回来咱家就会吃上一顿肉了。”弟弟半开玩笑的话，让森子心理酸涩难忍。

今年因为父亲病了，患的是糖尿病，所以家搬回了老家山东。森子三岁时随父母来东北的，一直在这里长大，还没回过山东老家。姐姐嫁在了东北，就留这里了。刚会去还没有房子住。听说父母和小弟现在住在村里的一所老学校里。

前些日子，弟弟来信说，他和娘在包包子，主要是利用每天中午到镇里初中门口卖。同时娘还生豆芽，到集上上卖。娘还养了几只兔子，兔子下崽子快，下了崽子娘就拿到集市上卖。

森子看完信，就有几滴泪水打在信纸上。

天底下只有母亲是最伟大的，森子越来越感觉到对娘的亏欠。森子的皮夹里夹着娘的一张照片。照片里的母亲烫着头，很腼腆的微笑着，挎着一个皮包。这是照相馆给设计的。森子经常会拿出来看看。从母亲的眼神里森子看出了她的期望。

每次一看到母亲的相片，森子就会暗下决心：我一定要好好学习，努力提高能力，将来好好地报答母亲。每次一看母亲的相片，森子就会重新获得一些动力。“人生有很多时候不过是为一种感恩而活着！”森子这样想。

森子的思绪回到了大卫的诗上，开始摸兜。想把它抄下来。从里面的衬衫上衣兜捏出钢笔之后，翻了半天也没找到半块纸。

森子环视了一周也没有认识的同学。一低头看到对面一个女生在一个稿纸本子上摘抄着东西。真是舍近求远啊！森子自言自语地念叨着。

“您好，能借张纸用吗？”森子伏过身去小声问道。

对面的女孩子一抬头看到对面的森子不由惊叫了一声：“你不是大名鼎鼎的学生会宣传部长丁广森吗？”说完忙环视一下周围，捂住了嘴巴。

“哦！是的，能借我一张纸用用吗？”森子笑了笑说道。

这个女生左手向后拢了一下披肩发，微笑了一下。“好的，我非常荣幸啊！”边说边把草稿纸翻过来，很干脆地撕下一张便微笑着递给了森子。

森子接过来连声道谢。之后便把纸张铺在桌子上开始抄大卫的这首《母亲》。正抄着对面的女孩子递过来一张纸条。森子展开一看写着：您好，能够认识你真高兴！

森子抬头见对面的女孩在冲他微笑。这下森子才看清了她的面容，胖乎乎的小脸，一笑起来两个小酒窝。眼睛很大，忽闪忽闪的。是个很漂亮可爱的女孩子。森子也冲他微笑了一下。

森子低头继续摘抄。而这个女孩子的目光却已不在杂志上了，不时地向森子这面偷瞧着。

森子抄完了，又开始翻阅其他几本杂志，不时就看到一首自己喜欢的诗歌，就摘抄几段。

“大家快一点，要下班了！”门口的图书管理员开始喊道。森子抬腕看了看表，已经快九点半了。忙把几本诗刊杂志收了起来，转身放到了书架上。

对面的女孩子也急匆匆地开始收拾。

森子下楼的时候，那女孩子追了过来，“你每天都来吗？”“嗯！这两天应该是的！”森子扭头说。

“好的，Bye-bye！ See you later。”女孩子微笑着冲森子一挥，“对了，我叫赵燕。”回过身便跑下了楼。森子看着她的背影，无奈地摇了摇头。

森子一回到宿舍，小良就开始眉飞色舞地说他今晚约李颖出去看电影了。曹小文早爬到了床上，又开始练习他的口琴，一听小良说这个，就从上铺又伸出脑袋，“哈哈！挺有速度啊！说，还干什么了？没趁着里面黑摸两把？”

“你这个家伙！”小良跳起来要去抓曹小文。曹小文就势向床里面一滚就躲开了。“好了，你们俩别闹了。反正这是好事。”森子说。

脱下鞋，换上了拖鞋，森子转身从门后拿起脸盆，推门出去，一直走向走廊尽头，到洗漱间洗漱。

森子刚把洗脸盆放到水池里就听见身后有人说：“好长时间没去看宋哥了吧？”森子不用回头就知道是阿力，阿力的声音非常有磁性那种，以前他们好的时候，森子总叫他男高音。

森子回过身，看到阿力吧手巾搭在脖子上，头发湿湿的，看来是刚洗完头。手里还端着脸盆。“哦！最近事情多，好久没去了。你去了吗？宋哥最近如何？”

“他换地方了！”阿力说。

“嗯？换地方了？什么意思？森子急促地问。

“还不是为了躲避那个女孩子？”人家家里不同意，嫌宋哥是残疾。”

“那也没必要换地方啊！咱们这里有多少学生都是他的回头客！”

“唉！但是那个女孩子总来找他，他也是为了那个女孩子好。实际上是为了避开那个女孩子。”阿力叹息一声说。

“那你知道他现在在哪里？”

“在火车站附近，挨着一个电话亭。这是电话。”阿力边说边从上衣衬衫兜里掏出一个纸条，“本来想一会儿送你宿舍去，正好在这里碰上你了。”

森子展开看了看，就揣到了裤兜里。

“对了，最近好像没见到你。”森子问。

“我现在半工半读，在一个广告公司做文案。”

“那凭你文笔肯定会做得不错。”

“呵呵，谢谢。好了，我先过去了”阿力说我转身出去了。

森子看着拴住一根弹簧不断里外晃动的门，不由叹息一声。看来，和阿力的友谊也只能这样了。

这一晚，森子又是翻来覆去没有睡着，突然间感觉今天的暖气烧得非常热。他想起在家含辛茹苦的母亲、想起家里伯父让他尽量入党的叮咛、想起班主任老太太告诉他注意自己的一言一行、想起和帆的短命爱情、想起自从和杰子相处以来种种事端、想到今天收到的这封莫名的恐吓信。

“最近还是和杰子保持一下距离吧！之后再说。”森子想。

第二天早晨，森子刚到学校就被班主任老太太给叫出去。老太太在前面下楼，森子就跟在后面。出了教学楼，老太太就把森子拉倒一边，边走边小声说：“幸亏我是党委小组成员，最近学校党小组进一步考核入党积极分子。你现在是重点对象。年前年后这一段一定要注意你的言行，关键时刻到了。”

森子连声应诺着。“老师，您看，我是不是给那些党委成员送点礼什么的？”森子问，“不用、不用，咱们学校里不兴那个。但是你一定要注意，党委小组成员最后一次讨论如果有一个投反对票，你就入不了党。所以，你一定要万分注意。”

“嗯，我明白了。”森子感激地看着老太太。

“好了，没事了，你回班级吧。这些天班级里的元旦晚会的事指不上你，但你可以敦促一下文艺委员刘梅。你们系里想怎么弄，咱们中文一班要带头。”

“好的！那我上去了。”森子说我回过身，进了教学楼。

班主任邢老太直接回到了办公楼。

森子回到班级，就问小同桌刘梅班级的元旦节目搞得怎么样了。梅子嘿嘿一笑，“大哥，先别谈这个，刚才有个女孩子要我转交给你一封信，想不想要啊——”梅子调皮的故意拉着长腔。

森子一惊，怎么又来一封？

“快，给我。”森子伸出手。“这次给我买什么好吃的呀？”梅子笑着趁火打劫。“给你买冻梨。”森子说。

“这还差不多。”梅子把一个折叠成心形的信交到了森子手上。

森子接过来很奇怪，这不像是杰子的。杰子如果想捎信也得交给阿丽呀，这是谁写的呢？

“我猜你一定喜欢泰戈尔的诗歌吧，我给你带了一本，今晚图书馆老地方见。”一张紫色的信笺上就这么几个字，在信的右下角画着一个小女孩的脸，扎个两个小羊角辫，嘴巴上翘，嬉笑的样子。落款是：燕子。

森子一皱眉头，“燕子？”一拍额头想起来了，是昨晚在图书馆遇到的女孩。

如果在往常，森子会去的。但是最近的事情这么多，他不想节外生枝，于是晚上根本就没有去。吃了晚饭，森子刚回宿舍，阿龙便领凤儿来了。阿龙来宿舍叫森子出去打台球。

凤儿自然也跟着。附近的台球室很便宜，一块钱可以打两杆。其实森子是没这个闲钱的，每次都是阿龙请客。

阿龙先开第一局，啪的一声，干净利落，开进两个全球，又打进一个。森子从台球案子边上拿过一个蓝色的巧克蹭了几下枪头，开始俯身瞄准，啪，“花瓣儿”进洞后竟然又蹦了出来。

“好家伙，火气很大呀！”阿龙笑笑说。

森子做了一下深呼吸，平稳心情。森子是阿龙训练出来的，最拿手的是长枪，来状态了，啪啪就是个进。一杆收的情况不在少数。但是今天不知怎么了。

阿龙状态不错，又连着进了两个球。

森子看看底洞洞口一个“花瓣儿”位置很好，没怎么瞄就是一枪。啪，花瓣球竟然跳出了案子，跌落到地上滚出好远。凤儿叫着“球——球。”就跑过去捡了回来。

“你今天是怎么了？”阿龙看了看森子说。

森子苦笑了一下，“没怎么。”

森子知道，打台球的心情太重要的，如果心情不好、焦急，你是怎么打都不进。森子知道自己心情很乱，于是尽量在做深呼吸。

但是效果还是不好。最后这局让阿龙落下“五星”（即给落下五个球）。在以前这种情况是很少见的。

第二杆是森子开，还不错，进去一个全色球。这一局，还是让阿龙赢了。落下森子三个球。阿龙把黑八打进之后，顺势把球杆向台球案子上一扔说："走！我们出去喝酒。"说完，让凤儿去吧台结账。

"哎？怎么不打了？"森子问，"咱们怎么的也得斗他个三百回合呀！"

"打多少杆你都得输！今天。"阿龙用手点了点森子说，"走，附近有个小吃店，我们去坐坐。"

进了小吃店，森子赶忙擦眼镜上的霜，而阿龙已经点好了一盘花生米和一盘狗肉冻。这两个菜是他们俩常吃的下酒菜。

"来瓶大高粱。"阿龙冲吧台喊道。

大家坐下后，阿龙就冲森子说："你最近肯定有事儿。"

森子笑了笑，点了点头。

"信着我就吱声！"阿龙说。

森子双手交叉放到了桌子上，很缓慢地说："我想放弃我和杰子这段感情！"

"为什么？怎么了？"凤儿在对面急了。

"我太累了！"森子边摇头边叹息一声说。

"兄弟，这事你可得要考虑清楚。可不是闹着玩的。"阿龙提醒说。

"你们要的酒！"小女服务员把一瓶大高粱放到桌子上，同时将一盘花生米也端上来了。

"来，咱们还是先喝酒。"森子拿过大高粱，用嘴一咬，把瓶盖吐到地上，转身倒了两杯。

两人碰了一下，各干了一大口。

“哎呀！好久没喝了，这酒是好东西。”森子边说边拿起筷子，夹了一粒花生放到嘴里。

“你看，自从我和杰子来往以来，一直就没消停过，不是被人跟踪就是被人打。这哪里是在上学？一想到家里老娘对我的期待，我就没有理由这样瞎搞。还是老老实实地念书、入党，顺利毕业才对呀！”森子说。

“你这话表面上听一点没错，似乎是个好学生、大孝子。”阿龙说到这里一个停顿，盯住森子，“但是，实际上你说出这话就不像个爷们！”说完，阿龙端起酒杯，一仰脖，喝下半杯。

森子知道这是阿龙的习惯，只要不高兴，就是半杯。

凤儿在旁边心疼了，双手抓住阿龙的胳膊，“你慢点儿喝。”

阿龙抬头看了森子一眼，“我知道你崇尚孔老二，什么仁义礼智信，讲求中庸、讲求和。你也很会平衡一些事情。但是，人有的时候，优点也就是缺点。”

森子没有说话。

“这个世界有的时候并不像你想象的那样文明和讲道理。有的时候你退，别人反而会笑话你、鄙视你。有些事情你必须靠胆量和勇气，靠拳头。”阿龙提高音量，边说边握起拳头，同时把胳膊肘啪的一声砸到桌子上。旁边几个桌子的人都向这里看。

吓凤儿一大跳。“你注意点儿。”

森子握起酒杯，端起，“来，先喝一个。”边说边示意阿龙也举起杯子。阿龙抬头看了一下森子，拿起杯子，和森子碰了一下，把剩下的干了。森子酒杯里也下了一大半。

“昨天我接到一封恐吓信。”森子说。

“啊？恐吓信！”凤儿一听吓了一跳说。

“恐吓信？呵呵，什么人？”阿龙问。

“没有地址。”

“我能不能看看？”

“好！”森子边说边把那封信从皮衣兜里掏出来递给阿龙。

阿龙先看了看信封，之后掏出信，这时凤儿凑上来想看，“女人家，别什么都想看。”阿龙说了凤儿一句。凤儿小嘴一撅，不敢再看。

阿龙看了看说：“就这封信把你吓成这样？”

森子刚给阿龙倒满酒，看着阿龙。

“告诉你，写这封信的人不可怕。这一定也是个胆小鬼。什么狗屁大哥，都是瞎蒙的，他不敢直接找你，就用这种方法吓唬你。”阿龙不屑地说。

“如果你真的退缩，就真的上了那人的当了。”阿龙接着说。

“可是，最近关于入党的事已经也到了关键时期，凡是处对象的据说都不行。”森子说。

“那你们不会暂时离远点，在学校少接触。让他们抓不到把柄？再说了，实在不行咱就不入什么党了。”

“你知道，让我入党是我伯父的心愿，再者说，在大学入党，起码对自己是个证明和肯定。都努力这么长时间了，就差最后这临门一脚了。”

“那好办。第一，不要怕这封信，他是在吓唬你。第二，马上和杰子商量，这一段先暂时冷却些。”

“好吧！我接受你的建议。”森子边说边举杯，阿龙也举杯，两人碰了一下。

“这才像我的兄弟。”阿龙的黑脸上露出了笑容。

森子一回到宿舍，就见小良正在那里和上铺的曹小文在眉飞色舞地讲着什么。原来今晚小良陪李颖去图书馆看书了。

“进展很顺利呀！”森子边脱皮衣边说。

“那是，听说有不少色狼跟踪她，现在我先做她保镖。”小良边说边挥起双拳做，又拍了拍胳膊肘凸起的肌肉。

“啊哈！护花使者。”森子笑道。

“对了，她比我大一岁，我认她做姐姐了。”小良说，

“先叫姐，后叫妹，明天就叫小媳妇儿”曹小文在上铺伸出脑袋调皮地说。

“嘿嘿，怎么地，就这么设计。馋死你。”小良边说边向曹小文做了一个鬼脸。

“既然有那么多人追她，你可得注意点。”森子提醒说。

“我怕啥？这个年代就是竞争的年代。不服咱就干。”小良又握拳咬牙，一副不忿的样子。

这一晚，森子思想着阿龙的一番话，又想到小良的话，关于保持距离，实际上杰子也提出来了，现在关键是对付那封信背后的人，但是那个人的信息一点一没有，一切就顺其自然吧。想着想着，森子不知不觉睡着了。

转眼元旦到了。

在元旦这天下午各个班级召开元旦联欢会，原来计划以系为单位的元旦联欢取消。中文一班由文艺委员梅子主持，班级的桌子摆成一圈，桌子上摆满了瓜子、带皮花生、糖块、苹果、橘子等。教室顶还弄上了拉花，黑板上写着：元旦佳节，四海联欢。整个班级里节日气氛非常浓厚了，同学们脸上满是兴奋。班级的班干部等都坐在黑板这一侧。主持人宣布元旦联欢会开始，首先，由班主任薛老太讲话，之后森子讲话。

节目开始了，第一个节目就很有创意，叫作：南腔北调说祝福！就是来自不同省份的代表分别用自己的家乡话上前说一句祝福语：俺来自——，祝大家元旦快乐！黑龙江的、江苏的、四川的、湖北的、云南的、广州的、广西的，平时大家都说普通话，今天这不同的乡音说出来还真是有趣。尤其是南方的那几位代表说完，都逗得同学们哈哈大笑。

看完第一个节目，森子就和班主任薛老太示意了一下，悄悄推门出去了。他们学生会部长们要联合到各个班级走访祝贺一下。

森子分到的是四楼，四楼主要是哲学系和法律系。和森子一起的是文艺部部长、社会实践部部长。同时校团委书记也跟着。当他们进入哲学系三班的时候，森子看到那个主持节目的女孩有点面熟，那个女孩也一直在笑着看森子。那个女孩一看学生会领导来了便开始让全班同学鼓掌欢迎。这个班由文艺部部长讲话，森子他们就站在门口，主持人站过来，靠近了森子，小声问道：“前两天怎么没去图书馆呀？”这时森子才想起来，这个女孩就是那天在图书馆碰到的女孩子。

森子笑了笑没说什么。

这时候文艺部部长已经讲完话了，这个女孩子忙又走向前，

“让我们再次以热烈的掌声感谢学生会领导对我们的祝福。”

森子他们在这个班热烈的掌声里，转身走出教室。

当他们一个一个班走完的之后，又各自返回了自己的所在班级。森子回来的时候，班级里正在举行韵律操，录音机里的旋律节奏感非常强。一共四个女孩子：阿丽、梅子、霏霏，还有帆，都穿着紧身衣，动作协调、欢快。帆自从和森子分手后，实际上一直很沉默，今天脸上还是蛮快乐的。

这个节目博得了大家一阵非常热烈的掌声。

“好！下面我们的压轴戏就要出场了，这可是一个超级重量级的人物。”梅子说道这里故意停顿了一下。

大家这时候都在猜这个重量级人物是谁，不由得把目光都纷纷投向坐在窗台附近的刘新。这是个很幽默的女孩子，就是胖了些，有点沈殿霞的味道。她除了嗓门粗之外，还没给大家出过什么节目。

一看大家都在看她，她忙伸出双手胡乱遮挡着，“没我什么事，不是我，她在瞎忽悠。”

“哈哈，这个人就是——”梅子故意卖着关子，目光故意在教室里扫了一圈。

“他就是全国知名青年诗人、我校知名人士、大才子、宣传部部长、我们的班头——丁——广——森先生。”她的语音还没落，下面已经是掌声、欢呼声一片了。

这时森子的脸一红，从座位上站起，对着站在场中央的梅子说：“好家伙，你搞突然袭击。”

“来，1、2、3、4、5，我们等得好辛苦。”梅子领着大家一起鼓掌喊道。

“看来我是被你推上断头台了。”森子说。

“来，1、2、3、4、5、6、7，我们等得好着急。”梅子继续领着大家鼓掌、叫号。

“好吧，我就献丑了，”森子边说边捋起袖子，来到场地中央，“这样，我就来首张雨生的大海吧！”

下面掌声雷动。

“从那遥远海边，慢慢消失的你，本来模糊的脸竟然渐渐清晰——如果大海能够带走我的哀愁，就像带走每条河流，所有受过的伤，所有流过的泪，我的爱，请全部带走——”森子嗓音深沉，眯着眼睛，右手握着做麦克风状，唱得非常投入，可能是想到了这一段一段的感情，森子的眼角有些湿润。整个班级被感动了，纷纷打着拍子，跟着森子在唱。整个班级的气氛进入高潮。

“好，下面由薛老师做总结性讲话。”森子在大家的热烈的掌声里回到座位上之后，梅子上前说道。

在大家的掌声里，班主任薛老师上前讲话。最后薛老师宣布，从明天起，一共休息三天。大家站起一边热烈鼓掌一边嗷嗷地欢呼起来。

节目结束了，薛老太安排完几个人收拾教室，让森子照应一下便走了。森子帮助大家擦黑板、摆桌子、摘拉花。梅子、霏霏等纷纷和森子告别，先走了。

森子站在讲台上，正叮嘱几个站在桌子上摘拉花的男生小心，阿丽走过来笑嘻嘻地说：“哥哥，今晚什么安排呀？”森子笑着摇了摇头。阿丽这时候伸出小手向门口指了指。

森子回头一看，是杰子。森子跳下讲台，和阿丽一起走到门口。“你们班级收拾完了？”森子问杰子。杰子抬头看着森子，没说话，好似满怀怨言的样子，“你这些天也不管我了。”“这不是忙嘛！”森子小声说，之后示意离开门口。森子先向楼梯方向走了几步。

“拜拜！我今晚有约，先走了。”阿丽向他们俩告别，跑下楼梯。

“今晚有空吗？”杰子问。

“你先回宿舍，我这边忙完就给你电话。”

“那好，我等你。”杰子深情地看了森子一眼转身下楼了。

森子是在远离校门口的一个小卖铺打的电话。杰子说稍等一会儿，有个做安利的大姐给她送产品来了，说红红也在宿舍，一会儿一起过去，吃饭。

在等她们的时候，森子给宋哥那里打了个电话。那个卖报摊说宋哥早收摊了。还是明天再联系吧！过元旦早应该给宋哥电话了，可惜最近太忙了。

森子在小卖铺前来回走着，远远看杰子和红红走过来了。这姐妹俩今天竟然都穿了一身运动服。红红穿的是一身红运动服。而杰子今天则一身白运动服。森子很纳闷。

“呵呵！森子哥看傻了。咱们吃完饭出去滑旱冰，庆祝元旦。”

“难怪！看你们今晚就像红白双煞！”森子笑着说。

“人家都说黑白双煞，哪有什么红白双煞。”杰子笑着说。

“男鬼是黑白双煞，女鬼就是红白双煞啦！”森子故意辩驳。

“别吓唬我们，我们胆小。”这是红红揽住杰子的胳膊，向杰子身上使劲贴靠，做出亲昵状。

“你们俩是不是有问题呀！”森子坏笑道。

“呵呵呵！”杰子捂着嘴笑起来。

“别闹了，我肚子咕咕叫了。”红红催促道。

“好，走到赵姐那吃饭去。”杰子和红红二人挎着胳膊前边开路，森子看了看，笑着跟了上去。

当晚，三人都喝了啤酒，尤其是红红一个劲儿地劝森子，森子喝了三瓶多，感觉有点晕乎了。

吃了饭，三人就由红红打车，到了城西的娱乐城。这一片是娱乐天地，浴池、台球厅、恋歌房、电子游戏厅一个接一个，霓虹闪烁、歌舞升平。其实森子不太喜欢这样的场合，这都是高档消费区。为了陪杰子和红红，他也只能屈就一下，其实森子对杰子这些喜好稍微有些成见，觉得杰子太过新潮和时尚，有点疯。可能来自青岛，加上家里有钱，人家就应该有这种生活方式吧。森子想。

这是一家叫作“新世纪”的娱乐厅。一楼就是旱冰城。杰子到吧台买了三张票，之后大家开始换鞋，进入了旱冰场。

场地上空回旋着铿锵的音乐，里面已经不少人了，有的是三三两两拉着手在滑，有的是十几个一队，相互拽着，一个领头的在前边带着一条长龙围着场地极速滑行。处处是惊叫声、嬉闹声。

森子不太会滑，只是和阿龙以前来过一次，摔了几跤，算是会向前挪步了。

而她们俩一进入场地就像鱼进入了水，很轻松自如，看来没少来。红红在那里还来个原地旋转。

杰子拽着森子的胳膊让他跟着向里滑，但森子连连摆手，让她们俩先进里面玩。

红红一把将杰子拽进场地里面，两人开始并列滑行。一边嘻嘻哈哈地嬉闹着。接着一红一白就开始在场地里追逐起来，她们身体微微前倾，长发随着滑行向后飘着，很潇洒的样子。森子弯着腿，在那里小心翼翼地站着，躲闪着一个个从身前极速滑过的身影。

森子一步步就退到了边上，身后是场地栅栏和大理石台阶了。索性就坐了下来，“别在这里妨碍人家了，还是好好欣赏别人吧！”森子心想。坐下后便开始搜索杰子她们俩的影子。

森子把目光重新投向旱冰场里的时候，不禁倒吸一口凉气。

原来在杰子和红红两人身后不知道何时已经围上四个小青年。那四人一会儿跟在她们俩身后，一会儿又转到前边，掉过头看她们。但是这两个人就像没事似的，照样滑着。

“这两个人是天不怕地不怕那伙的，也算是老油子了，这要是别的女孩，早吓得不得了了。”森子想。

森子这时起身，想到场地里叫住她们。正好她们转过来了。森子迎了上去。三人停在了那里。那四个家伙极速绕了过去。森子见他们的头型都很古怪，有一个头上扎着一个毛巾。

“歇会儿吧！”森子说。

“好吧！红红你去卖几瓶可乐。场地边上叫服务员就行。”

杰子和森子坐到了场地边的台面上，杰子鼻尖上已经是汗珠了，森子掏出手绢递给了杰子。红红举着三瓶可乐滑了过来。

森子起身接过来，瓶子都已经打开了，递给杰子一瓶。红红和杰子坐在那里，而森子则面对她们，举起可乐喝了一口。

“快闪开！”杰子突然冲森子喊。

这时候只见那四个小伙，直接冲森子快速滑过来。森子背对着他们，听见杰子喊，刚想挪动，已经来不及了，一下就被其中一个撞在小腿上，森子站立不住向前倒去。

杰子和红红惊叫着，同时向前伸出手，森子张开双臂，一下子就扑倒在她们两人的身上。这一变故，他们手里的可乐瓶子都掉在了地上，发出乒乓的声响。当即有场地里的服务员聚了过来，问怎么回事，并帮助他们将森子拽了起来。

杰子气得大喊，边向场地里面指着：“那几个人故意撞他。”骂完问森子有事没？森子摸着额头说没事，就是眼镜掉了。

杰子和红红蹲下摸了半天才找到，幸好眼镜也没事。这时一个服务员小伙说：“那四个人你们惹不起，还是别吱声！”提醒完，拿来笤帚和簸箕，收拾了一下就走了。

“他们算老几，我才不怕他们，走！红红我们过去找他们算账。”杰子怒气冲冲。

“算了！多一事不如少一事，我不是没事吗。再说今天是元旦。”森子忙拉住杰子。

“怕什么？不行我给赵姐打个电话，她认识人。收拾他们。”杰子愤愤地说。

“对，搞他们，奶奶的。”红红在旁边给加油。

“别忘了我们的身份，我们可是在校的学生！算了，我们不在这里玩了。走！”森子说完，一手一个，硬是把她们两个拉出了场地。

“在我们东北有这样的说法：（红红是吉林的）一个男孩和一个女孩出来没关系，如果一个男孩和两个女孩出来，就要有人看着不顺眼。”红红说。

“什么逻辑。”杰子依然没有消气。

回来的这一路，杰子和红红还在愤愤不平，说迟早要收拾他们。红红说今晚就到杰子的宿舍住，因此打车直接回到了学校。把她们二人送到了女生宿舍。

宿舍楼基本都熄灯了。

临上宿舍楼前，杰子一下揽住森子的脖子，附在他的耳朵边说：“不好意思，今天让你受苦了，你放心，我会为你讨回公道的。对了，明天你在宿舍好好休息吧，就不打扰你，晚上我们青岛老乡要出去聚会，我明天再联系你。”

说完，松开手，刚想转身上楼，森子一把又把杰子搂住。“森子今晚你怎么了？”杰子娇羞着笑到。

森子不说话，紧紧搂住杰子。

杰子一看在宿舍门口，忙推着森子后退，一直推到宿舍旁边的墙角。

今晚喝了酒，加上蹦迪，森子和杰子实际上都有些兴奋，而此刻，也说不上为什么，森子有莫名的冲动。狠狠搂着杰子，狂吻起来。

杰子也是，经森子这么一吻，全身燥热，也紧紧搂着森子。森子的手胡乱伸进了杰子的衣服里。杰子发出轻微的呻吟，感觉下腹愈加燥热。

森子的手开始向下游走。杰子一开始用手还在阻止，但是后来闭了眼，不再挣扎。

第二天，杰子和红红就一起就去找了赵姐。当晚就去解决那四个家伙。

那晚，赵姐安排一个叫张二的人领了几个弟兄去收拾那四个人。杰子先进去试探情况，看那四个人在。张二安排了六个人就等在外边，等那四个人出来的时候，一起上，不料刚想动手，张二却突然喊停，原来认识。这四个人是一个叫二癞子的人的手下，而二癞子和这个张二是哥们，他们以前都见过面，这样大家握手言和。

那四个家伙，当即请张二他们喝酒。杰子和红红也一起。四个家伙说是在这个旱冰场给看场子的。当即向红红和杰子道歉，并问那个男孩有事没？还答应杰子和红红她们以后尽管来玩。

没想到还因祸得福。当然，这个过程杰子没敢告诉森子。

第七章

浪漫求爱

森子回到宿舍推开门，见里面竟然乱糟糟的，洗脸盆、笤帚、电话都散乱在地上。地上还有血迹，小良和曹小文都不见了。

森子忙敲开旁边的宿舍问咋回事。旁边宿舍的人说在刚才九点左右听到森子宿舍里有对骂声，接着就听见里面打起来了。

难道是小良和曹小文打起来了？森子心里很是疑惑。“那人呢？”“被校警给带走了。从你们屋里出来五六个人呢。”

“五六个人？那就证明不一定是他们俩。他们俩不可能打架的。”森子想到这里说了声谢谢就出来，急忙向楼下跑。一楼最里面就是校警办公室。

森子跑到二楼的时候拐了个弯，来到 206 房间，急匆匆推开门。这是阿文的宿舍。森子看阿文正拎着一瓶酒站在那里，忙说：“你有没有没拆封的好烟给我一盒急用。”“老大，什么事？我马上给你找。”说完放下酒，回身蹬着床的小梯子到上铺，撅着屁股开始翻自己的被褥，边说："唉，一个哥们昨天送我那盒好烟呢？"森子站在地上看他，面色非常焦急。这时候他们宿舍一个同学说："阿文，你要是找不到我有。""哈哈！原来在这里。"阿文回身举起一盒烟。

森子一伸手抢过来："改天还你。"扭头就出去了。

"这家伙不抽烟，这是怎么了？什么事也不说声。唉"阿文便转过身下床边说。

森子出了阿文宿舍就往一楼跑。其实这所楼里的校警森子他很熟悉，他知道他爱抽烟。森子一路小跑，敲门。打开门就看到校警刘哥在那里手里拿根警棍大声训斥着，而小良就挺着脖站在那里。曹小文坐在旁边。

"唉！正好你这个宣传部长来了，你们宿舍这个家伙惹事了，还很倔。"这个刘哥看森子进来了就冲着他说。

"小良，怎么了？"森子过来看了小良一下。

小良看了一眼森子没说话。嘴角有血迹。样子似乎非常委屈，又有些愤愤然。

"刘哥，这到底是怎么回事？我一回宿舍就来了。"

"打架了呗，这帮个臭小子，都欠修理。那三个小子是第三宿舍的，也被李三（第三宿舍的校警）他们给弄回去，分开审讯。"

"为什么打架？"森子问曹小文。

"我们也不知道，反正我和小良在宿舍正没事闲聊，一下子就冲进来三个家伙，抓小良的头发就打。"

"小良最近是不是得罪什么人了？"

"没有哇！这三个人我都不认识。"小良委屈地说。

“那就和刘哥好好说嘛！”

“那你看，这事怎么处理？”森子问。

“等那边问完再说吧！对，等等，我问问那边。”说完，他拿起电话。

“喂！那边什么情况——没啥事，就是看着不顺眼——没这么简单吧？——那怎么处理？——啊！警告处分。我这边，啊，这边是受害者嘛！呵呵。”

挂了电话，这位刘哥说，“好了，暂时没事了，说看你不顺眼。”刘哥冲着小良说。

小良没事就喜欢梳大背头、抹头油、戴墨镜，走路还喜欢横晃。看来是有人看他不顺眼了，森子想。

“嗯！不过他们有点过分了。”森子说。

“那，你看，先让他们回去？”森子问。

“好吧！先回去，都消停的啊！”刘哥指了指小良说。

“小良，快谢谢刘哥。”森子提醒小良。

“谢了。”小良低声说，扭头和曹小文先出去了。

“来，哥，抽烟。”森子掏出烟扔给刘哥。

“你也告诉你的兄弟，别太扎眼了，东北这块儿的人就这样好斗。”

“好的，刘哥我先上去了。多谢了。”森子说完告辞，出来跑上了楼。

森子回到宿舍，看到小良气得在咣咣砸床，就问小良到底是什么事？是不是得罪谁了？小良很坚决地说没有！

“这两天你凡事都要注意，都要小心点。”

“他娘的，我才不惧。下次我看到他们，要他们好看。”小良还没有消气。

“好了，过去了就过去了。”森子劝道。

森子有些累了，就早钻进了被窝，森子翻来覆去想了想，今天小良挨打好像事情没这么简单。但又想不出具体原因。

第二天一早，森子就和宋哥联系上了。

宋哥的摊就在火车站站前广场旁。一个小亭子，里边生着小火炉，蛮舒服的。看着旁边挂着不少鞋，森子说：“生意也不错嘛！”“当然，咱手艺好，又讲诚信，活自然就多。”宋哥也不谦虚。

宋哥让森子坐，一边在粘着鞋。

“我还怕你元旦休息呢！”

“元旦才是出摊的好时候呢。今天这一早就接了六个活了。”宋哥笑着说。

“干啥都不容易呀！”

“那是！将来等你进入社会就知道了。”

“对了宋哥，你和那个女孩完事了？”

“早完事了。”

“为啥呀？”

“咱自己半斤八两还不清楚吗？”

“难道爱情真的讲求什么条件吗？”

“那当然，爱情是脱不开物质基础的——”宋哥拉着长腔。

“我一没钱，二身体还这样，就别害人家了。”

“你这是在逃避。”

“就是逃避，也是善意的逃避。”

“嗨！看来爱情都是很复杂的。”森子叹息一声。

“你说简单就简单，你说复杂就复杂。”宋哥说。

“宋哥，我最近也在为情感的事情苦恼着——”森子简要地向宋哥说了他和杰子的事。“你说我该怎么办？我真想放手。”森子最后说。

“你别放手，要坚持。她将来会帮你很大忙，她家不是有钱吗？一个男人进入社会如果没有什么钱和背景，起来会很慢的。”宋哥说。

“那这样目的就不纯了。”森子说。

“嗨！你这家伙，她是真正爱你的，你也好好爱她不就行了。她爱你，就自然会好好来帮助你。她家的钱不就是你的？你不就有资本了。”宋哥说。

“那是很遥远的事情，关键是现在——”

还没等森子说完，宋哥打断说：“现在就是好好去对待人家，别的别想。”

“呵呵！好的，谢谢宋哥的建议。”森子笑着说，“好了，我回学校了。”

“唉！中午一起吃饺子，再喝点。”宋哥拉住森子说。

“不耽搁你了。你这么忙，改天吧。元旦快乐。”森子说完，钻出小屋回了学校。

回来的时候，就曹小文在宿舍，说小良出去找李颖约会去了。中午，森子和曹小文出去到校门口的小吃店吃了顿酸菜馅饺子。之后便回来午休了。

森子睡得正香，阿文又拎着瓶酒来了，还有个塑料袋，里面是榨菜、五香花生、干豆腐卷。阿文把森子捅醒了。

森子一睁眼就说：“你是不是来要我还你烟来了。”

“哪敢老大！我是想和你喝酒。”阿文嗓子呼噜呼噜地说。

“最近有钱了？”森子边用毛巾擦脸边问。

“呵呵，最近刚发了一个武侠小说。又有酒喝了。”阿文嘻嘻说。

“好哇！祝贺！”

森子边说边坐下来，取过一个玻璃杯，让阿文给倒了半杯，随手抓了几粒花生。

“老大，今年我回家过年，给你带根孔雀翎吧！”阿文说。

“你们家养孔雀？”森子故意打哈哈问。

“到公园里偷吗，我们以前还偷过大象牙呢。”

“你们去博物馆里偷？”

“是到动物园里。”

“动物园？”曹小文也奇怪地问。

“我们昆明的动物园里有大象。那次我们弄得玉米拌上酒，让大象吃，吃完就醉倒了，我们就用锯条向下锯，哪知道被管理员发现了，吓得我们连滚带爬翻墙跑了。”

“哈哈！有意思。”森子说。

“不过，孔雀翎好偷。一伸手就拽下来了。”阿文说。

“那你不是在迫害孔雀吗！”

“你不拽他们拽，反正孔雀大多都秃尾巴啦。”

“还是不要了。别作孽。来喝酒。”森子举杯便喝了一口。

大家都觉得阿文是说说而已，其实过了年，这个阿文还真给森子带来一根孔雀翎。森子藏在箱子里，后来就送给了阿龙。

两人一直喝到天黑。阿文说要回宿舍再写点东西，阿文总习惯于酒后操笔，有点李白斗酒诗百篇的感觉。而森子则向后一躺就睡了。

睡得正香，森子被一阵响声弄响了，一睁眼原来是小良蹲在在那里翻箱倒柜。森子看了看表十二点多。“你干吗呢？像个贼似的。”森子迷迷糊糊地问道。

“森子，正好我要叫你。一会儿帮帮忙。我马上要走。”小良边向一个箱子里塞衣服边说。

“你怎么了？什么事？”森子钻出被窝问。

“我捅人了。我得出去躲一躲。”

“啊？”

“唉！先不多说了，我和阿龙打好招呼了，准备到他家砖厂去待一段。”

“阿龙在哪儿？”

“在校门口等我。”

“那，那我送你。”

“你别送，别惹麻烦。到时警察肯定会来，你就当啥也不知道。”

“说完，小良拎起箱子就走。”

森子穿着线裤，忙下床，跟了出去。“小良、小良。”森子叫着，跟了出去。

这时候小良已经走出几步，回过身，“我说过，你别来，会影响你，回去吧，我会和你联系。”小良说完一挥手，快走几步到楼梯拐角，下楼了。

森子快走几步，在拐角看着小良的身影下了楼。森子又下了几个台阶，看到门卫老大爷过来挡住了小良。

“你是哪个房间的？你拿的是什么？要干什么？”

“哦！我是205的，叫张小良，我家有急事打电话来，我要赶火车。”小良解释说。

“不行，现在夜深人静的，我还是叫保安，你跟他们解释吧。”

“李大爷，他是我宿舍的。他家里是有急事。”森子这时候从楼梯上边向下跑边说。

“哦！是小丁。他刚才急匆匆进来，我看有学生证就破例让他进了。但是谁知道他又拿着东西下来了。这能不让人怀疑吗？呵呵，你们原来是一个宿舍。那好，放行！”说完，李大爷笑着一扬手。打开了门上的锁链子。

小良转身向森子一挥手，走了。

森子回来躺在床上一直没有睡着。大概五点多钟，电话铃急促响起，原来是那个李颖打来的，问小良在否。森子说不在，问李颖什么事？怎么这么早打来电话。

“我的一个老乡让他给捅了一刀，还在医院呢！”她那边几乎是哭腔说着。

“到底怎么回事？”森子焦急地问。

“昨晚小良请我出去看电影，回来的路上碰见了几个人，是我老乡，小良认出是前几天到宿舍打他的几个人，就上前质问。结果就打了起来。哪知道小良身上还带着刀。”

“捅在什么地方？生命是否危险？”

“捅在大腿上，问题倒不大。”

“到底是怎么回事？学校知不知道？”

“学校早知道了。其实我找小良一个是告诉他躲一躲，另外就是让他以后别来找我了。我只是把他当弟弟。”

放下电话，森子给阿龙打了个传呼。阿龙很快回话了，说让森子马上到他宿舍。森子没有洗脸，胡乱披着羊毛衫就急匆匆来到楼下，他的自行车就放在楼下。森子骑上车子直奔阿龙在校外租的宿舍。

阿龙和凤儿早从楼下买好了油条和茶蛋。阿龙等森子一进屋就说："来正好边吃早餐边说。"

原来阿龙昨天晚上十一点多钟的时候接到了小良的电话，小良说出事了，把人给捅了。之后，阿龙让他到过来，商量了一下该怎么办。学校肯定能马上知道、说不定还会报警。因此小良必须离开这里。不能在这里待了，也不能回家。想了想，阿龙决定让小良去他们家，他们家在嫩江县，他父亲公司下面有个砖厂。阿龙就让小良先去砖厂躲一躲。必须连夜就走。以防夜长梦多。

正好晚一点多有趟火车。由于时间紧，小良便回宿舍取了几件衣服。而阿龙就直接去给小良买火车票。

"那小良为什么挨打？说就是上次到宿舍打小良那伙人。"

"是的，他们是李颖老乡，也是李颖对象的哥们。说起来也怨小良，人家李颖有对象，是当兵的，但小良总不死心，总约人家，人家不去他就去人家宿舍磨。人家李颖的确就是把他当弟弟，觉得他很有意思。想保持纯洁的异性友谊。嗨！结果李颖对象那些哥们看不下去了，一看小良总纠缠着李颖，就首先去宿舍收拾小良一顿。昨晚也巧了。路上走个对面，小良认出到宿舍那伙人。就打起来了。你知道小良向来手重。"

"听说就捅大腿上，没大事。"

"嗯，刚才我和李颖也通话了，知道了。"

“嗯，真是危险。”森子说。

“今天下午小良到我家后就会给我们来电话。你告诉曹小文，就说不知道小良的事情。幸好小良家里没什么人，就剩个聋哑的奶奶，这样就不怕学校跟他家联系了。”阿龙说。

“嗯！希望这事别闹大。对了，元旦你们也没出去玩玩？”

“大冷天出去也没啥意思。在家看电视、打魂斗罗游戏呢。呵呵。哄老婆。”

“谁用你哄，哼！”这时坐在旁边的凤儿嘟着嘴说道。

“好，那我就先行告退！”说着森子起来抱拳说道。

“呵呵！也像个练家子了。”阿龙边说边拍了拍森子的肩膀说。

森子骑着车子回宿舍。他一进宿舍大楼，旁边窗口的李大爷便叫森子进来。李大爷说有两个校警刚上去，说调查一个事。找你们宿舍呢。你说是不是那个昨晚走的小伙出什么事情了。

“哦！大爷，我也不清楚啊，他说家里有急事的。”森子挠挠头，很疑惑的样子。

“那你还是快点上去看看吧。”李大爷催促道。

森子一开门就看到宿舍里有两个校警，森子不认识，看来是总负责的。曹小文站在那里。“你就是舍长吧，你们这屋是不是有个叫张小良的？”一个警察问。

“对，你们这是？”

“我们来调查点事，希望你们都能配合一下。”这个校警看了看森子和曹小文。

“那个张小良昨晚一直没回来？”

“嗯！他昨晚睡着了不知道，他其实在十二点钟回来一次，说有急事，就走了。”

“他给人捅坏了！现在人家正在医院抢救呢！”一个校警说。

“啊！”曹小文是真惊讶，而森子故作惊讶。

“就是，如果你们有他消息，希望马上告诉我们，我们在校警总务处。”一个校警说。之后他们起身走了。

曹小文非常疑惑。“这个小良怎么了？”

“就当什么也没发生！”森子甩出一句。曹小文吐了吐舌头。

“唉！有点累，我得好好睡一觉。”森子说，扯过被子倒头便睡。曹小文出去会老乡去了。

杰子昨晚请赵姐等人吃饭，之后又和红红请她们出去唱歌、蹦迪，折腾得很晚。杰子也很累，回到宿舍便蒙头大睡。一睁眼已经十点多了。红红去找帅哥玩了，杰子梳洗打扮一番。之后简单吃了点点心，从床下拽出一盒牛奶喝了。接下来肯定就是找森子了。她抓起电话想了想，没有打，穿上那件黄皮大衣就下楼了，她直接去了森子宿舍。

因为是元旦放假，宿舍管得不严，因此杰子在楼下打了个招呼就径直上楼了。来到森子宿舍门外见门虚掩着，她向后弄了弄身上的披肩发，又向上推了推发卡，伸出纤指轻叩了几下房门。里面没动静。杰子又加重力气叩了几下，还是没动静。杰子咦了一声，轻轻推开门。

一看上铺两个空着，下铺靠外面堆着一团被子。她轻脚向里走，里面的铺子一个人蒙着头在打呼噜。

一看床铺里面靠墙贴着几个大字：天道酬勤！这不用说就是

森子。森子这几个字可是一直挂在嘴边的。

杰子笑嘻嘻的伸手捏住被子一角向上轻轻拉起，一看果然是森子。杰子一下把被子掀起一大半，揪住森子的耳朵：“你个懒球，太阳都照屁股了，还不起。”

森子一下子惊醒，一看是杰子，忙一个轱辘爬起。

边抹眼睛边说：“你怎么进来了？”

“我不进来怎么能看到你们的猪窝，怎么能抓你这头懒猪哇！”

森子忙下地穿拖鞋，“不好意思，呵呵！你来多半天了？”

“我刚来，敲了半天门也没动静，谁知道你在烀猪头！”

“呵呵！你坐。我洗把脸。”森子忙端个脸盆跑出去洗脸。

森子回来，在门口对着墙上的大镜片简单梳洗了一下。杰子已经帮助森子把被子叠了起来。

森子说：“被子不用叠。”

杰子问为什么？森子说省事啊！杰子就笑话森子是懒人逻辑。

“对了，今天下去先吃点饭就陪我去逛逛书店吧！”杰子说。

“好啊！正合我意！”森子笑道。

下了楼，边走杰子便歪头盯着森子一句一顿地说：“那晚的事你真坏！”森子知道杰子在说什么了，不由一仰头：“呵呵，这次彻底拿下！”说完向前跑了两步，杰子跟上来掐了他一下：“讨厌！你必须对我负责！”

市里的书城。这里共分三层，第一层是文学类、哲学类、励志类的、第二层是生活类的、三层是其他类。森子他们首先逛的自然是第一层。

当然，森子主要是陪杰子。森子一般很少买书，都是借着看。有的是从学校图书馆借，有的从同学那里，森子很少来买，都是来看，他也没有钱买书。

森子跟在杰子后边来到了名人传记前。杰子只看女性的传记，什么撒切尔夫人、赵氏三姐妹、张爱玲等等。都是女强人。她抽出那本《居里夫人传记》，说她比较崇拜这个居里夫人。杰子的英文名字就叫 julin。森子能预感到杰子将来肯定也是个女强人的角色。

买完之后，它们就转到了诗歌那里，森子只是随意翻了翻。杰子看出森子的意思："你挑吧，今天我买单。"杰子说。

"书非借不能读也！"森子说。

"真是狡猾！"杰子笑着说。

他们又转到了成功励志类图书那里。森子抽出一本卡耐基成功学全书。随意翻了翻。"喜欢就拿着。"杰子说。

森子看书的背面标价 30 元吓了一跳就又放了回去，摇了摇头继续向前逛。杰子歪着头看了看森子，一伸手把那本卡耐基拿在手里。

"走，逛完再陪我上二楼逛逛。"杰子说。

他们来到二楼，杰子径直走向美容、保健类图书处。森子都不感兴趣，就傻乎乎地跟在杰子后面逛。杰子把手里的两本书塞给森子，就开始翻阅着。

森子一看那本卡耐基拿着了，就无奈地笑了笑。

看杰子在那里一本本的认真翻阅，森子想何不让她先看，而自己也可以到楼下浏览一遍文学作品。于是森子跟杰子打了声招呼就下楼了。

杰子选了两本，一本是练瑜伽的、一本是皮肤美容的。杰子下楼来看到森子蹲在那排诗歌类前看的认真，且时不时从衣兜里掏出纸片记着什么，便没打扰。她转到了外国小说前，拿起一本《飘》看了起来。

森子蹲得腰酸背痛了，起来伸了伸腰身，一看表已经五点多了。冬天天黑得早，书店里已经亮灯了。森子忙开始四处看，寻找杰子。“嗨，我在这儿！”身后传来杰子的声音。

“不好意思，呵呵！让你久等了。”森子挠了一下后脑勺，脸一红说。

“知道你肯定会抓住机会好好看看的，正好我也没事，在那边翻了翻外国名著。”杰子回头指了指小说区。

“好，我们该回学校了。在学校附近吃完饭，把书送回去，咱们去校外那个红星电影院看电影怎么样？”杰子问。

森子沉吟了一会儿没吭声。实际上他还担心着小良的事情。想去阿龙那问问。“你晚上有事？”杰子走上前一步问，“是不是佳人有约啊？”

看看杰子满脸的不怀好意，森子无奈地说：“你别误会，是担心小良的事情。”森子跟杰子把事情的来龙去脉说了一遍。

“那给阿龙打个传呼问问不就行了。”杰子说，“我们先去结账。先回去吃放再说吧！你说呢？”

森子点了点头。

回来两人在校门口的小吃店吃了两碗拉面，之后约好把书送回宿舍后再在校门口见面。森子回到宿舍曹小文便告诉他说，小良来电话了，他已经安全抵达，请放心。关于小良的事情曹小文也知道了。

森子这下放心了，就是不知道学校会做出什么样的处理。

森子和杰子汇合后便去了电影院。电影院不远，徒步也就十五分钟左右。两人到了之后，正好电影院已经开始往里放人。今晚放映的是“妈妈再爱我一次”，森子挤到窗口买了票回来，一看杰子竟然和阿丽站在入口的台阶处拥抱在一起。

“呀！真是太巧了，在这碰到你们了。都一天没见到了。”阿丽孩子气地说着。而旁边的阿丽的男友小兵则在那里傻笑着。

“你好，小兵，你们买好票了吧？”森子问。

“嗯！森子哥，我们早买好了。这不刚想进去就看到杰子姐姐了。”小兵笑着说道。

“今天没出去玩？”

“今天领阿丽去参加我们的老乡聚会了。”小兵说。

“阿丽也这么快就站入你们武汉的行列了？”森子哈哈大笑道。

“呵呵！”小兵脸红了。

“你们别叨叨了，还不去排队。”杰子喊道。

“对，森子哥，你们座位多少号。我们是五排 23、24 号。”阿丽举着票说。

“我们来得晚，在最后边了，是 51 排 11 和 12 号。”森子说。

“那我们散场时候再在门口见面。”阿丽挽起小兵的手急忙向入口走，“快点进场吧，开始了。”

森子和杰子进来，看到里面已经开始了。

影片“妈妈再爱我一次”拍得非常成功，尤其那个小男孩表演得太逼真、太投入、太感人了。森子几次都眼含泪水。森子第一次发现观众们都出奇的静，大多都手里攥住手绢抑或纸巾。

身边的杰子自然也是，手里的纸巾不断地在眼角擦拭。

散场后，森子他们先出来在门口等阿丽他们。这一退场森子才发现，有那么多同学来看。几乎都是一对对的。森子有意与杰子保持了一点距离。

终于在人堆里发现了阿丽。杰子挥手喊：“我们在这儿。”阿丽拉着小兵的手就从人堆里挤了过来。

四人向回走。

“真是太感人了。”阿丽说着，“我都想远在新疆维吾尔自治区的妈妈了。”

“谁不是呢？我很少看电影落泪的，今天我是头一回。”杰子叹息了一声说。

这一路两人都前边挎着胳膊边在议论着电影里面的一些镜头和细节。

在女生宿舍门口，两对由自然组合到一起。阿丽和小兵说了两句就告别转身、先跑上去了。小兵也和两人告别。

杰子和森子向外又走了几步，歪着头看了看森子说：“今晚你表现不好哇！你这人一点不会关心人，看电影时也不给我递个手绢什么的。”

森子突然醒悟一般，“不好意思，我不太习惯关心——关心女孩子。”

“哈！你这话乍一听生气，不过再一想也不错，那证明你没经验，没经验是好事。”杰子倒背双手很庄重地说。

这样子反而把森子逗笑了。

“哦对了，明天阿丽让我陪她去买件衣服，你有时间吗？”杰子仰头看着森子说。

“我明天要写点东西，一日不念口生、一日不练手生啊！”森子说。

“对啊，我们的大诗人好久没诗性大发了！好我不耽误你。”杰子说。

“再说还要准备开学后的一些会议。明天估计很忙。”

“嗯！那你忙你的吧。到时候我们通电话。”杰子在耳边做了一个打电话的手势说道。

“嗯！电话联系。”森子说。

“那就祝你今晚做个好梦。”杰子边说边揽住了森子的脖子，轻吻了一下。

森子看着杰子进了楼就转身回了宿舍。

而森子不知道，杰子因为看了“妈妈再爱我一次”，一晚上都在翻来覆去想她的母亲。想起她8岁时候父亲就因为有外遇和母亲离了婚；想起这么多年母亲从贩卖鱼虾、到开服装店到今天终于开了家具店；想起每个月母亲都会定期给他汇来一千元前；都会汇来很多好吃的；想起母亲这些年风里雨里对她的疼爱和伟大的期望；又想到最近因为森子和母亲吵了一架，她心里非常矛盾。

其实从小开始，杰子就认为母亲是最伟大的，她对母亲很崇拜，她一直想做母亲那样的女强人。杰子身上有很多母亲的影子。她想做女强人的一个目的就是想让母亲过上好日子，好好报答母亲。

想着想着，杰子的泪水又汹涌而下。

开学了。

森子一早便被学生会主席黄小明叫过去了。主要商量年底的总结性的一些大会和工作。

下第一节课后，学校的公告栏上贴出了开除中文系 4 班张小良的告示。学校的速度太快了。森子不由叹息道。这下小良不完了吗？

森子回班级找到了阿龙，阿龙也看到了这个消息，说先不要告诉小良。

森子的心情很不好。小良可是他处了三年左右的好哥们了。小良虽然脾气不太好，但是非常仁义，多少次森子遇见事小良都是和阿龙挺身而出的。他们在一起喝酒、谈女生、开玩笑，到江里游泳，尤其他们三人还是磕头兄弟，他们那次在野外玩的时候结拜的。这生生地就给拆散了。

小良的家境也不好，小良也是靠勤工俭学和大家的资助才坚持过来的，哪里知道还有一年毕业了，却遇到了这样的事情。

森子坐在座位上看着桌子上的书本，目光定定的。这时候同桌梅子捅了一下森子的腋窝，嘻嘻笑着说：“大才子是失恋了还是怎么的了？”

森子一个激灵，回过神来。

“我们宿舍的小良被学校开除了。”

“因为什么呀？总不能是平白无故的就开除啦吧？”

“他打架，用刀子把人给捅了。”

“因为啥打架呀？”

“嗨！处对象呗！”森子叹息一声。

“哈！女人是祸水呀！你可得注意啦！”梅子瞪了森子一眼，很有深意地说道。

下午森子参加完学生会的会议后回到班级。刚坐下就看到桌子上放着一个白色信封，封着口，上面没贴邮票。

森子打开一看不由又待在那里。

还是跟上次那封信一样的复印纸。只见上面写道：

大才子先生，元旦这几天过得很潇洒吧！和那个王清杰很黏糊呀！又逛书店又看电影的。看来你是把我上次对你的警告当作耳旁风了。告诉你，我现在给你下最后通牒，如果你再敢和她来往，我让你吃不了兜着走。

落款处画了一把刀。

森子看完，正好梅子回来了。森子问是谁放在桌子上一封信。梅子说不知道。“是不是班级谁放的？我给你问问？”

“不用了。”森子说道。

“看来这个人对我了如指掌啊！这几天的事竟然全知道。是不是始终在跟踪我？但是我怎么没发现呢？”森子想。

不管这个人说的是真是假，森子想到落款处画的一把刀心里还是禁不住一个冷战。

“这是第二封恐吓信了，要不要告诉杰子呢？告诉她她肯定不怕，但是会担心我的。还是先别声张了。”森子想。

放晚学前，森子让阿丽给杰子捎信，说晚上阿龙叫有事，可能见不了面了。之后便等到阿龙，一起去阿龙家。

他们商量的结果是，继续静观其变。

森子在阿龙处看了一会儿电视就回了宿舍。

宿舍里这下清静了，就剩下了曹小文和森子。曹小文也搬到了下铺。这样上面的两个上铺就空了出来，只剩下草垫子了。他们把箱子等都放到了上面。

曹小文没事就在那里吹口琴。

而森子则躺在床上翻来覆去。想到他掖枕头底的这两份恐吓信，想到杰子、想到几次被人跟踪、想到自己入党的事情、想到乡下的老母亲和为了供自己上学而在初一就辍学的小弟。森子哭了。

第二天一早阿丽就递给森子一个纸条，叠成心形的，是杰子写的，说知道森子忙，不想打扰，但确实有事，而且非常重要，务必到！因此提前预约下，让森子在晚饭后去杰子宿舍。

森子不由心里咯噔一下，是不是她也被信件骚扰了。森子哭笑。真是欲罢不能啊！

吃完晚饭后，森子先回宿舍给杰子宿舍打了个电话。就过去了，杰子在宿舍下等着。两人进宿舍阿丽不在，剩下的两个女孩看森子来了，纷纷拿起书就结伴出去上自习了。

待她们出了门，森子便问："该不是你给她们撵走的吧！你在宿舍也这么霸道？"

"呵呵！才不是，是怕你这个宣传部长。"杰子大哈哈道。

"我送你个绰号吧。"

"什么绰号？可别夸我，我不经夸。"

"母——夜——叉——"

"你这个大坏蛋。"杰子一听便伸出小粉拳头打了森子胸膛两下。

"来，先给你吃个香蕉吧！"杰子从桌子上拿过香蕉，扒了皮递给森子。

"不会就是叫我来吃吧？"森子问。

"是怎样？不是又怎样？"

"好，我们不打嘴仗了？说，什么事情啊？"

"两件事，第一，我听我们班的老太太说这两天就要进行入党最后一轮讨论投票了。第二，我买了不少明信片，听说您老人家字写得不错，帮我写写。"杰子说。

"最后一轮讨论？我怎么没听我们老太太说？"森子很疑惑。

"我们老太太是党委小组长，你们老太太是组员，这是内部消息，她自然不知道了。"

森子哦了一声。

"我今天已经让我们老太太暗示对你要多关照了，我和老太太关系好着呢。听我们同学说，我们老太太有个儿子，她想培养我做儿媳呢！"杰子嬉笑着说。

"什么？你跟你们老太太暗示？"森子焦急起来，"你知道我不喜欢在背后做什么小动作。”

“你这个人怎么这么死板？这叫作灵活。”杰子瞪了森子一眼说。

“一切还是顺其自然好！”森子说道。

“好，顺其自然，我也没和老太太说什么，只是说你是我的好朋友。让她多多注意一下而已。”杰子解释说。

“嗯！我这个人你知道最不喜欢背后搞动作那套东西。”森子说。

“我也讨厌啊！但是你知道人家都从背后使劲呢！这个年代有时候人太老实了就会吃亏的。”杰子说道。其实杰子这么说是在巧妙地刺激森子，因为她总感觉森子过于实在太老实。

“我却以为人本分点心里也踏实，否则人就是做贼心虚。”森子说。

“不过人还是活泛点好呀！我听说你们有个部长给另一个部长写检举信，结果奏效了。关于入党的事太敏感，只要有人写信告你，就准撤。”杰子说。

“有这么严重！”森子摇头。

“是呀！你还没事似的，人家可是为了入党都快挤破头了！”杰子笑着说。

“这就是社会习气呀！”森子叹息一声。

“可不！你以为校园是无菌的，这也是个小社会呀！”杰子攥起小粉拳头一挥说。

“是！我是深有体会啦！好了，不谈这个了，你说写明信片的事——”

“哦！是这样，这不快过年了吗？我给我们班的同学准备每个人都送张贺卡，还有学校部分学生会的成员也送。但是我的字写得不好，呵呵，就麻烦您老人家了。”

“你还挺会来事的，是想继续巩固你的领导地位吧！”森子挖苦说。

“是又怎样？反正又花不了几个钱！”

“好！恭敬不如从命。”森子举手投降状。

“我都先拟好词了，你边写边帮我参谋一下。”杰子说完就拿出两张纸，把桌子一收拾，铺在桌子，又拿出两打冰雪风景的明信片，让森子开写。

森子练过书法，尤其一手隶书写得不错。

杰子看着森子的隶书写的柔顺丰满，不由抱着膀子在那里啧啧赞叹！

森子足足费了一个半小时才写完。

杰子收拾完之后，就给森子剥香蕉吃。森子坐在凳子上，杰子坐在床沿上聊着。杰子再次提出这个寒假领森子回家，让森子也和家里打个招呼。

“我要是说到一个青岛的女同学家，俺娘会高兴死。”森子说。

“是吗？”杰子脸红了一下。

“是啊，俺娘总问我呢？说毕业能不能给领个儿媳回来，呵呵！”

“那你怎么说的？对，你是不是都领回去好几头了？哈哈。”杰子笑道。

“那你是我领回的第一头！”森子看中杰子说道。

“好啊！你把我当猪了，还论头！”杰子嗔怪地说，森子就在那里笑。

“对了，你怎么跟你妈说的？”森子接着问道。

“说领个男同学，说是日照的路过我们那里。我可不敢先斩后奏。你也知道我妈对我管教太严。”

“嗯！理解。”森子说。

“对了，咱俩处这么长时间了，也算走得很近了吧？”杰子突然问。

“嗯！对呀。”

“那我想有个请求，不知道你能不能答应？”杰子说。

“什么请求，说的这么严重？”

“我知道这件事你轻易不会答应的。”杰子说。

“都给我弄糊涂了。快说，别磨叽。”森子说。

“你能把你作品发表的剪辑本给我看看吗？一直想好好欣赏一下。”杰子有点乞求的口气。

“哦！原来是这个，嗯，我的剪辑本确实不随便向外拿的。”

“所以我才这样恳求嘛！我都是你的女友了，还不能看吗？”

“我想想——”森子仰脖故意拖着长腔。

“我也是想进一步了解一下你的精神世界嘛！”杰子忙解释。

“嗯，鉴于你的诚心，我就答应了。”

“好哇，你跟我卖关子。”杰子边说边把小粉拳打在森子的肩膀上。

“不过我这个剪辑本除了俺姐姐，你是第二个女人看到的。”

“哇，我太荣幸啦！”杰子跳了起来。

“走，现在就到我宿舍拿。”森子说。

回到宿舍，森子从箱子里翻出了那本作品剪辑。这是一个十六开的黑皮本，里面工整的剪贴着森子在各地报纸杂志发表的作品，足足一个大本子了。

杰子拿在手里沉甸甸的，很是兴奋，“我一定要好好研读学习。”

“有个要求，不能给第二个人看。”森子提醒道。

“那阿丽呢？”

“也不行，以前她跟我要求过，我没答应。”森子说。

“这么保密。”杰子撅起小嘴说道。

“好了，我给你送回宿舍，回来我要看会儿卡耐基。”森子说。

“好吧！我回去学习你的作品。”

森子把杰子送回了宿舍。

杰子回到宿舍就钻进被窝靠在床头，非常激动地开始翻阅森子的作品。森子的文笔潇洒飘逸，作品大多以散文和诗歌为主。森子的作品写她的母亲和家庭的事情特别多。

读森子的作品，杰子有流泪的感觉。她读出了森子家庭的贫困、读出了他母亲的坚毅、读出了森子对母亲的感恩、读出了森子的内心伟大的志向。

杰子更加佩服森子，觉得他内心竟然如此细腻、柔软和坚强。

当然，除此之外杰子还有个小想法，想看看森子是否有写情感类的。找到了一首小诗。那首小诗的题目叫作《悟》最后几句是“没等我扬起溅泪的五指/琴弦戛然而断/这才明白/萌发在暗处的那几束情感/终究经不住阳光的/轻轻拨弹……”很显然这是写早恋的苦涩的。看到这首诗，杰子又想笑又有点觉得不是滋味。这首诗是1995年发表的，推算一下，他那时在高中。“看来这家伙在高中就不老实。”杰子心想。

“他才写了这么一首，就证明他就有过一次。不过像他这么出色的男生追的人肯定很多，能控制在这一次，也很不错了。不过等我还他的时候，我一定要套套他。哼！”杰子有点忿忿然了。摇了摇头，继续向下翻看着。

杰子看到森子有首诗写母亲的很感人，有一节是这样的“每次回家/母亲的手都从上到下的摸啊/摸你的胖瘦/摸你的冷暖/摸你衣服褶皱里的灰尘和泪水/就像摸着自己身上的心肝……”杰子大为感动，翻出自己的笔记本，认真地抄了下来。

第二天，第一节课下课，森子又接到了一封信。森子再次沉重地跌坐在座位上。

这封信背后的人开始得寸进尺了。竟然让森子在今晚七点把杰子领到附近那个公园的门口，说他们老大好久没看到杰子了，想了，想好好看看。而且要求让杰子一个人去，要求森子要老老实实的，不能声张否则就要找几个人祸害杰子，而且要给森子好看的，让他毕不了业。

森子看了真是气恼之极。“这该怎么办？如果不管这事，他们肯定会对杰子不利。看来不能隐瞒了，得跟杰子商量一下。真是他娘的麻烦。”森子叹息一声。

和杰子二人已经达成一致，在校园里上课时尽量不相互打扰。因此森子等到中午放学才让阿丽约杰子到学校门口旁的小卖店见面。

没想到杰子一见到森子就说，她也正好有事要找森子。她非常委屈地说，今天第二节课下课，有人告诉她说学校门口有人找她。她去了，结果过来一个社会青年，不由分说给她一耳光。并且警告她，让她离开森子，不准来往。

“这个人你认识吗？打得是不是很重？”森子看了看杰子捂住的半边脸。

“幸好我躲得快，就被扫了一下。没事。”杰子说。

“究竟是谁干的？”

“这个人我没见过。一看就是黑社会的。那人一看周围有人来，说了句好自为之，就骑摩托溜了。”

“那你以后一定要小心。”森子说。

“没事，我会叫赵姐帮我调查的。”

“这事不好调查呀！我们还是注意点。以后别独自行动。学会保护自己。”

“我长这么大，就怕俺娘，还没怕过谁。”杰子仰脖说道。

森子听了感觉到情况越来越复杂了。

“我们先找个地方吃饭，要个单间吧，我也有很重要的事情跟你谈。”森子说。

他们来到了赵姐的店。还是那间靠里的单间。点了两个菜，坐下来之后森子边说：“其实这些天我有件事一直在瞒着你。”

“什么？”杰子歪着头，心情一下低沉起来“你有事瞒着我？”

“不是，你先别着急。”森子忙解释。

“是这样，我这几天接连接到几封恐吓信。都是与你有关的，让我离开你。本来我不想说的。谣言止于智者吗，本以为是无聊的人在没事找事，由他去吧。岂知——”

“岂知什么？”杰子焦急地问道。

“他们越来越过分，竟然让我通知你今晚到龙沙公园门口去，他们要看看你。”

“什么意思？”杰子不太明白。

“信里说他们老大想你了，想见见你。”

“奶奶的，谁这么大胆。那这个意思就是他们晚上露面，正好让赵姐找几个人过去，废了他。”杰子咬牙说道。

“先别声张，我们先研究一下。”森子说。

“信在哪儿？我看看。”

“嗯，给你。”森子这时掏出信递给了杰子。

“好，我晚上去。我倒要会会这人是什么货色。”杰子看了信，把信一下子挎在手里，咬牙说道。

“你想去？那不是很危险？”森子说。

“躲是躲不过去的，有些事必须面对。否则对你对我都不好，还不定发生什么事情。”杰子很坚定。

“嗯，也好。我看还是先通知阿龙，让他叫几个人，这样我才放心。”森子沉吟了一下。

“不用，那样反而坏事，人多了那他们不露面，不就失去一次机会？”杰子说。

“那——”森子看着杰子，没说下去。

“好，我们先吃饭吧。”杰子说完看了看手表，“现在是六点，还有一个小时。吃完饭，你先过去，到龙河公园斜对面，我直接到门口。有情况你再过来。”

森子看到杰子这么冷静心里不由暗自点头。

二人到赵姐的小饭店要了几个菜，森子意外要了瓶啤酒喝。吃完饭，杰子和赵姐打完招呼，记了账就出来了。这里离龙河公园大约十五分钟，两人从街边向哪里缓步走着。

森子心里很不是滋味，这简直荒唐，是闹剧。被一个背后的人耍弄着，还要“奉命”把自己的女友领给人看。太窝囊了。也真是苦了杰子，今晚的杰子也算是义举了。都仗着杰子的胆子大。但是森子不由又担心起来，万一来几个人是社会上的，趁着天黑把杰子劫走——森子不敢再想。

偷眼看杰子的时候，看她倒是很镇定。

“你是不是在担心我？没事，我长这么大什么场合没见过？我可不是让人吓大的。你放心，即便情况不好我也有办法的。我只在门口外边，不向里走。门口就是大街，街灯那么亮，肯定没事的。”杰子反而开始安慰森子。

老远就看到公园门口了，“要不我先报警。”森子急促地说。

“你怎么报？连对方是谁，准备干什么咱都不知道？”杰子问。

“但是今天我总是有点不放心。”森子坐着长呼吸。

“我会见机行事的。好了，你到对面吧，我直接过去了。”杰子看很快就到门口了，对森子说。

杰子走到公园门口了。而森子就站在门口的斜对面的马路旁。公园门口正对着是个三岔路口，来往的人还很多。这让森子心稍微放下来点。

杰子今天穿着的是没膝的黄皮大衣，长发从后肩流泻下来，她将双手斜叉到皮衣兜里，在门口来回走动着。很自信很平静的样子。

森子不时向公园门口周围看着，寻找着可疑的人。同时也在看表，六点五十了。森子的心开始跳得急促起来。

突然森子看到有一辆黑色轿车停在了公园门口，下来三个穿黑夹克的人，一直向杰子走去。森子倒吸一口凉气，忙想穿过马路跑过去。

这时就见到森子身后的一个小报摊后跑出来一个女孩子，三人中一个人一下搂着她，三人又转身回到了车里。开车走了。

看来虚惊一场。森子又退了回来。杰子也不时向森子这里看一眼，微微点头，让森子放心。

森子再看表已经七点零三分钟了。但是仍没有人出现。森子在那里来回走动着，又不时拿下眼镜擦拭一下。天开始飘起零星的雪来。

七点十分、七点十五分、七点二十，还是没有人影。七点三十，依然没有人出现。森子抬头向公园门口看，这时见杰子从森子挥手示意向回走，森子点了点头。

杰子从公园从大街对面向回走，大约走出二百米，森子穿过马路，握住了杰子的手。

“让你受苦了。”森子说。

杰子抽出手，掸了掸森子夹克衫上的雪片说：“为了你，我什么都不怕。”森子突然觉得惭愧，杰子的侠义让森子觉得惭愧。

“还好，那人没有出现，可能也怕我们了。”森子推测说。

“哼！想跟姑奶奶我玩，他们肯定要掂量掂量。”杰子扬起头说。

“没事就好。这样，我先把你送回宿舍吧，这一阵把你冻坏了。”

“好吧，你也回宿舍好好休息一下，别为我担心。忙好你的事。”

这样两人拉着手，森子把杰子送回了宿舍。

森子转身没有回宿舍，而是径直去了阿龙那里。

凤儿在那里看电视。森子和阿龙聊了起来。

当森子把今天的事一说，阿龙马上埋怨森子没叫他，说万一出事怎么办。接着阿龙说这事有点不对劲。

森子也说这事有点不对劲。

“我前后联想了一下，你说这是不是杰子设的一个局？是想考验一下我对她是不是真心的。用恐吓的方法验证？”森子问。

“我也有这个想法。”阿龙说，“这样你把信再拿出来我看看。”

森子把那封被杰子拤成团的信捋平了递给阿龙。阿龙看了看笔迹，说：“看这笔迹写的方方正正，看不出什么来。这事也不能乱猜疑。”

“杰子的笔迹我熟悉。这肯定不是她的字。”森子说。

“嗯！不过杰子绝对是个很有心眼的人。不管是她的计谋还是真有人在算计你们，我建议你和杰子近期不要再轻易见面。你也冷静一下。”阿龙说到。

“嗯！好，我也这么想。爱一个人好难！”森子故意叹息。

“呵呵，你这才哪到哪？我这都开始过日子了。”阿龙笑道。

“对了，再告诉你一个好消息。”阿龙说。

“什么好消息？”森子很纳闷。

“我干姐姐桂琴处对象了，是福建的，对她很好。这下你安心了吧。”

“呵呵，真觉得对不住你干姐姐的一片痴心。”森子开玩笑说。

“呵呵，就是，人家现在都想明白了，不能在一棵树上吊死。”阿龙笑着说。

“对了，小良有消息吗？”

“他在我爸砖厂干活了。他也知道被开除的消息了。他说赚点钱，到时候买个文凭回去。”

“那怎么行？”

“这年头假文凭泛滥你不知道。小良说知道一个能办假文凭的，可以以假乱真。只要不去政府单位，一般企业没问题。连档案都弄，那人是教育局的。”

“那多少钱？”

“得 1500 多元吧！”

森子摇头！“这年代！”

第二天一早到班级，森子就写了个纸条给阿丽，让她带给杰子，说这几天为了入党暂时不能见面了。

下午森子刚进班级，又在自己桌子上发现了一封信。没有贴邮票的。森子撕开看，还是那人写的。说：你们还是很守信用的，昨晚终于看到了你的女友，果然名不虚传，体型很美，人也很漂亮。又说，他有人在森子和杰子身边，什么事都知道，说听说杰子要领森子去她家，让森子不要跟她去。只要不跟她去，这一段就保森子的平安。

森子看完信真是有惊又恼。怎么这个人连杰子要领他回家都知道？这一封封信到底是谁写的？怎么对他们之间的事情了如指掌？会不会是阿丽？这些事情只有阿丽知道。但是阿丽为什么这么做？以前阿丽喜欢森子，但是现在阿丽已经有对象了，她没有必要这么做呀。森子有点迷糊。

那这个人是杰子宿舍的？她们宿舍的那两个女生更不可能，她们也没有理由这么搞破坏。据说她们和杰子都很好。

这究竟是怎么回事？

这天下午没课，森子就待在宿舍忙着写学生会宣传部的阶段总结报告。

吃了晚饭，为了清净，森子决定到图书馆看书。在图书馆，森子开始翻阅期刊，拿了一本曾发过他稿子的《辽宁青年》和一本《星星诗刊》。之后就坐到一个角落了开始翻阅。

正在看，一个女孩就坐在了旁边，他一扭头原来是前些日子自己曾借她纸张的女孩赵燕，也是在元旦那天问他怎么好久没来图书馆的女孩子。

赵燕一凑过来就问森子怎么这么久没来。森子一笑说："事情太多。"

"不愧是大领导，日理万机呀！"这个赵燕还挺幽默。

"呵呵！咱们别说话了，一会儿图书管理员会撵咱们的。"森子向门口的图书管理员示意了一下。

"那我们出去聊呗。"赵燕说。

"对不起，我们不认识、不熟悉，再说我查点东西就走。"森子说。

"真是的，人家好不容易见到你，一点机会都不给。"赵燕调皮的撅起了嘴。

"这个小女孩倒是很有趣。像金庸小说里的黄蓉。"森子想。

森子将目光移到那本《辽宁青年》上。这时过来一位高个子男孩，坐到了赵燕旁边，歪头看她。

赵燕一扭头起身坐到了前面两排的一个位子上。这个男孩看了看她的背影，扭头看森子。"你就是学生会宣传部长丁广森？"他看着森子问。

森子扭头看了他一眼，不认识。"对，你是——"森子问。

"我？小人物。我警告你，不管你是谁，离赵燕远点。"这男孩昂着头，盯住森子，一副愤愤的样子说。

"我根本就不认识她。"森子说。

"那你跟他聊什么？"

"是她过来找我的。你应该看到了吧？"森子说。

"别狡辩，谁不知道你在学校里的那么多风流韵事，谁知道你祸害多少小姑娘了？告诉你，别打赵燕的主意。小心点。”这个男孩表情狠狠地说道。

森子扭头盯住他，一字一顿得说：“你说话请注意点。”

“唉，你们说话请出去说，别影响别人看书。”这时门口的女管理员冲这边喊。

整个图书馆里的人都抬头向这里看着。

森子摇了摇头。起身把杂志放了回去。走出图书馆。没想到那个赵燕也追了出来。

“那个家伙跟你说啥了？”

“没说啥，他是谁？”

“我们班的，总纠缠我，好讨厌。”赵燕嘟囔说。

“我要回宿舍，你别跟着我。”森子扭头说道。

“我也不看了，要不是在这里等你，我也不来了。那家伙总是到这里来纠缠我。”赵燕说。

“嗯！”森子没再说什么。

二人边说着，边走到了图书馆的一楼大厅里。

“我家是本市的，你能送送我吗？你是宣传部长，应该关心我们每一个学生吧？”赵燕恳求说。

“对不起，我没时间。”森子现在对这些事很谨慎。

“你看操场上是什么？”突然就听赵燕惊叫，向前边伸出手指。

顺着她的手指望过去，森子看到在女生宿舍楼下有一簇簇的火苗在闪动。怎么回事？森子吓得急忙向那里跑。

到了近前才看清是点燃的很多蜡烛，在宿舍楼下的空地上排列成“LIN——I——LOVE——YOU”的字母。有几个男生在楼下照看，而女生宿舍楼上有处窗子打开，向下望着，笑着。

听一位男生说，原来是他们宿舍的老二在用这种方式向这栋宿舍里一个叫林的女孩求爱。

赵燕在旁边看着，显得很是激动。而森子跟男生们说一定要注意。

“多么浪漫啊！好令人感动、令人羡慕啊！”赵燕望着那些排列整齐，静静燃烧的蜡烛慨叹着。

几位男生站在蜡烛旁边向楼上望着，期待着上面那个姓林的女孩的反应。

“倒是很有创意，很大胆的求爱方式。嗨，爱呀！”森子也感叹道。

“好了，你快回家吧。都这么晚了。”森子说。

“我不，我想让你送我。”赵燕调皮起来。

“来，我送你。”这时，不知何时，那个男孩过来了。

“你，我才不用你送。”赵燕说。

“我就跟着你，三步之外，做你的保镖。”男孩说。

在他们说着的同时，森子悄然退走，回了宿舍。

回到宿舍，看到阿文正在那里扒拉吉他，一边在那里哼哼唧唧地唱着。“老大，我搬到你们宿舍吧？”阿文看森子回来了说道。

“在我们宿舍就消停点。别影响人家睡觉。”森子说。

“好，遵命老大。”说完，就把伸长胳膊把吉他放到了对面的上铺。“我看一会金庸。”阿文说。

“你这个武侠迷，最近又有什么大作问世？”森子问。

“没写啥，就给我们的《昆明日报》写了几篇武侠评论，贬了贬梁羽生那老家伙。”阿文笑着说。

“又有稿费了？”森子说。

“刚发，稿费还没到。呵呵，到了请你喝酒。对了，我写了个新闻稿，给校报，给我发了吧，挣点稿费。”阿文说。

“写的什么？该不是武侠评论吧？”森子笑道。

“不是，是写思乡的散文。这不快放假了吗？”

“嗯，正好需要。写完没？在哪里？”

“这呢？”阿文边说边从衬衣兜里掏出，递给了森子。

森子看了看，“嗯，文笔不错。好，明天给编辑。”

“你这个大主编同意了，就肯定没事。哈哈，又有十块钱稿费了。”阿文开始在那里兴奋不已。

“请客别忘了我。”曹小文喊道。

三人又闲聊了一会儿，阿文回宿舍抱来了被子，大家胡侃了一会儿便睡了。

森子的班级里。

时间还早，7：00，但班主任薛老太却早来了，在班级里走来走去，一直向森子座位看。还空着，森子和梅子都还没到。

薛老太在班级里从后往前走，挨个看着装。老太太每次来都因为这些女孩子太敢穿而大发脾气。只要穿得稍微花哨一些，嘴唇抹得稍微重一些她便训斥两句。当然，大家都把她当妈妈看待，也习惯了，说完后该咋穿还咋穿。

这不，今天霏霏穿了个长筒靴，上身是个对开襟的小红袄，头发也是波浪卷。薛老太走到近前，上下打量一番：“哎呀！哪来的洋娃娃？”霏霏忙站起来，但是脸却不红不白的，几乎每次来，薛老太都要对她训两句，都训皮了。“下午就换、下午就换。”霏霏忙说。她的同桌和周围几个都捂着嘴笑。知道下午老太太肯定不来，她才这么说。

薛老太瞥了霏霏一眼：“你是皮糙肉厚了。也好，抗冻！”大家更是憋不住的笑。

“坐下好好看书。”薛老太知道跟她们说多少都是“瞎子点灯白费蜡”因此也不便多说。霏霏坐下后，邢老太就背着手向前走。

看到森子终于露面了，薛老太还没等他坐下便叫森子出来。悄声告诉森子说今天下午要开大会，所有入党积极分子和学生会都参加，得 200 多人。主要是要听听各个入党积极分子的发言和表态，让森子好好准备一下。

森子知道关键时刻到了。

第八章

爱如流沙

下午，在学校阶梯教室。后面的挂着横幅：入党积极分子年度总结大会。

主席台上坐着校长、书记、处长、党委成员等，身前都放着一个记录本子。主持人说，今天主要采取自由发言的方式，主要陈述你为何要入党等。一个校学生会的成员，已经站在那里发言。大约说了十多分钟，什么要好好学习，说入党在小学时候就下决心了等待。

接下来又有两个人发言，站在那里说话感觉都在哆嗦，大家听到更是好不自在。森子坐在右侧最外边的一排。杰子坐在后面，在高处一直把目光放在森子身上。森子今天穿的是她送的那件银灰色带白点的羊毛衫。杰子看着森子的背影，露出很幸福的微笑。

森子的班主任薛老太就坐在森子后面，在其他入党积极分子发言时，薛老太一直很焦急，这可是露脸的机会，应该抢着发言才是。在第四个发言时，薛老太在后面捅了森子一下。森子就明白了。

其实森子心里早在盘算如何出击了。第四个发言的女生刚坐下，就有好几个人同时站了起来，这时只见森子起身，直接走到主席台前，首先向他们鞠了一躬，之后转身向大家站好，说道："我之所以入党主要有以下三点：第一，证明自己；第二，激励自己，第三，奉献自己！谢谢大家！"之后向大家鞠了一躬，又转身向评委们鞠了一躬。

这儒雅的举动和简短的发言，立刻博得了主席台上和台下的一阵热烈的掌声。森子从起身到发言到回到自己的位置，这期间杰子都在目不转睛地盯着，满眼的关切、幸福、自豪。内心里在说：这个森子不愧是学生会宣传部长，不愧是俺的对象，表现就是不俗。今天看他梳着分头、戴着眼镜、穿着自己给买的羊毛衫，简直潇洒极了。当然，在座还有很多女生在心里赞同：哇！我们的宣传部长，简直帅呆了！

森子回到座位，转身落座之际，薛老太暗暗向森子竖了一下大拇指。

会议结束的时候，已经五点多了，也就直接放学了大家陆续走出阶梯教室，森子在门口引导着大家，照看着秩序。当主席台上各个领导出来的时候，都微笑着对森子点头示意。

杰子留在最后，剩下没几个人了才走过来，歪着头，向森子竖了竖大拇指，之后小声说：我在赵姐饭店等你。

等森子到赵姐饭店的时候，已经上了一个锅包肉了，这是森子爱吃的菜。又摆好了一瓶啤酒。

“为了宣传部长大人今天的出色表现，特设宴奖赏！”杰子笑着说。

“多谢啦！呵呵！”森子抱拳说道。

“对了，年前是非常时期，我们还是少接触的好！”森子说。

“你就为了入党，不管我了。”杰子撅起了小嘴。

“不是的，这不也是因为恐吓信的事吗。”森子说。

“恐吓信？你又接到恐吓信了。咱们不怕他。”杰子边说边啪的一声拍了一下桌子。正好是赵姐进来送菜，端着酸菜粉笑着说：“怎么？你又惹大小姐发脾气了？”

“赵姐没，呵呵，坐下喝两口吧。”杰子回身接住菜对赵姐说道。

“不了，你们吃。杰子学校有什么事尽管吱声啊。”赵姐说。

“没事赵姐，谢谢你。”杰子说。

“好，你们慢用，我去招呼客人。”赵姐转身出去。

“赵姐对你真不错。”森子说。

“那是，多少事都是赵姐出面帮我摆平的。”杰子说。

“多少事？你还有多少事？什么事啊？”森子问。

“没，没什么事。”杰子突然想到前些赵姐帮助收拾旱冰场那几个人的事，怕森子知道不高兴。她知道森子向来不喜欢用武力解决的。

“去年九月份，有个社会的家伙纠缠我，就是赵姐帮我解决的。”杰子说。

“你怎么就和社会有联系？”森子问道。

“谁知道，是一次我们出去蹦迪，碰到的。”杰子说。

杰子真是太摩登，太现代，太疯狂了。她来自沿海城市，那里的生活方式，消费观念是很超前。不过，杰子也太爱玩了，还总爱去这些场合。森子想到这，心底隐隐觉得有些不太舒服。

“你以后得少去这些场合。太不安全了。”森子说。

“那有什么呀，不就是去跳跳舞，蹦蹦迪吗？”杰子很不解地问道。

“你要知道你现在是学生啊！”

“学生就不能玩了吗？现在在西方国家，学生们玩得更疯呢！”

“你有点太西方化了。”森子说。

“嗯，我就是很崇拜西方的。”

“难怪你连筷子都使不好。就会使勺子。”森子似笑非笑地说。

“那怎么了？我将来打算出国呢。”杰子说。

“好了，菜快凉了，我们该吃饭了。”森子边说边倒了一杯酒。

两人便聊边吃，其实森子蛮高兴的，杰子在和他分享今天的胜利，很有成就感。

两人吃完后当然是杰子结账。森子想结账，但是知道杰子不会的。杰子在这点上非常理解森子。知道森子家里贫困，因此杰子其实很多时候都是在找理由给森子打打牙祭。森子其实很消瘦，个子瘦高瘦高，这个令杰子很心疼。因此每次杰子都给森子点肉吃。这个森子也知道，因此森子很感激杰子。

快到门口的时候，森子让杰子先进学校了。两人再次越好要非常时期，注意距离。

森子只是远远地看杰子进了女生宿舍楼。森子回到宿舍的时候，就听阿文和曹小文说出大事了。说中文三班一个女生在六点多钟跳楼自杀了。

“到底怎么回事？”森子焦急地问。

“那个女孩有点神经质，和他处了两年多的男友和她提出分手，她受不了就跳楼了。”

“情况怎么样？”

“我和曹小文正在宿舍侃大山，就听见楼下乱哄哄的，原来说对面的女生跳楼了。我们跑下去，看到一辆救护车把人抬走了。地下都是血，都冻住了。反正是很悬。”阿文说。

“看来明天学生会要开会了。”森子想。

果真第二天，森子刚到校，学生会干事汪洋就来通知说第二节下课到阶梯教室开会。

阶梯教室。学会成员全体开会，由团委书记、党委书记、校长都到场了。

校长大发雷霆，说在我们学校发生这样的事情简直是种耻辱。党委书记徐书记说这是我们70年建校以来第五起学生跳楼事件。近三年几乎每年一个，学校的风气越来越成问题。我们的党员都干什么去了？而团委书记，学生处处长杨处则进一步将事态扩大化。说这个女孩子虽然抢救过来了，但是这件事已经造成极大影响。一石头激起千层浪，我们学校的跳楼事件已经向校外迅速流传，必将大毁我校的声誉。最后由杨处长公布一条内部法令：学生会成员不准处对象，一旦发现将取消其学生会任职。同时全校入党积极分子一旦有处对象的，将不再考虑其发展党员资格。

这个法令已公布，下面一阵哗然。“这也太狠了，太不人性化了。”有些人在下面开始发牢骚。这个政策就是典型的“宁可错杀三千也不放过一个”的日本鬼子策略。

“不过幸好是主要针对学生会成员，如果全校实行，估计会出大乱子。这可不是他们那个年代了。”森子想。

坐在后面的杰子更是直咬牙，“这些学校的领导都讨厌，竟然剥夺学生处对象的权利。如果不是因为森子入党有望，非得动员森子从学生会退出不可。”

散会之后，杰子不敢再和森子说话，早早就随大家退场了。森子回到教室，薛老太就把他堵住，叫出来说，让森子接下来要注意，一直到明年五月份，都是关键时期。当然这个注意自然主要指森子和杰子的事情。薛老太早知道森子和杰子处对象的事情。

“你放心吧！我会把握好分寸的。刚才我们学生会全体开会说了，要禁止个人感情的事。”森子说。“那就好，别功亏一篑。今天第二节组织一个班会，把你们学会会的精神传达一下。学校说了，以后重点要抓中文系。”

森子回到班级，开始构思下午的班会。这个班会不太好开，如果直接传达学生会开会的精神，那班级里就会炸锅。学中文的本来就是思维和情感不愿受束缚的一群，你如果去压制，肯定会适得其反。但是这个会还得开。怎么办？森子直挠脑袋。

“如果围绕着那个女孩子跳楼展开讨论呢？”森子想，接着森子又摇了摇头。“人刚跳楼，我们就讨论人家，肯定是褒贬不一，这样不太好。况且这个话题也不会引起大家多大的兴趣。”

“这个女孩子跳楼背后实际上说明的是她的心理承受能力有问题。”森子想到这里，一拍脑门，有了，下午就以“如何化解压力，直面挫折”为题，进行自由发言。

森子实际上是打了一个擦边球。巧妙的绕开了昨天的“血腥事件”，但有超脱于该事件之上。

果真下午大家的发言都很踊跃。也都很巧妙地绕开了昨天的事件。发言者都结合自身的经历，讲解了自己的小方法小窍门。

比如有的说，要学会向朋友倾诉；有的说要有阿Q精神；有的说要有开阔的心胸；有的说要经常记日记；有的说要学会运用辩证唯物主义看问题，学会一分为二看问题；有的说要记住责任、有的说要多看文艺表演等等。

方桦，一向被大家誉为小博士，自然不会放弃这个机会。阿桦走到讲台前侃侃而谈。他的讲话上升到了哲学和心理学高度。提到了弗洛伊德什么的。开始论证生命问题，当然，大家还是很爱听他的。最终的结论是：人要具有生理弹性和心理弹性。

森子根据大家的发言总结出共性的一些观点，形成报告给了薛老太。薛老太表示很满意。

这天早晨，杰子正在上早自习，突然班级刚进来的同学走到她跟前说：校门口有人找。

杰子来到校门口一看，不由一惊。

“你来干什么？”森子厉声问道。

只见校门口站在一位胖乎乎的小伙，背着一个黑色背包，脖子上带着金项链，一头卷毛，笑嘻嘻看着杰子。

“你娘让我来看看你！”这个小伙说。

“走，赶紧走！”杰子一脸怒意，回身看了一眼之后扭身走出校园，那个小伙快步跟上。

“到哪里，我们打个车！要不先到我租的旅馆吧！”小伙伸手拦了辆出租。

杰子坐在了后面，小伙坐在了前面。

没跑出多远就到了。是一个不错的叫作艾玛的大酒店。

小伙子歪着头看着杰子，笑着，一直上了 9 楼，进入 909 房间。

小伙子放下背包，从后面一下子搂着杰子“你想死我了。”边说边想从后面吻杰子。

杰子一下子挣开了：“你别这样。”

“怎么啦？你是不是变心了？”小伙子转过来，盯住杰子。

杰子歪着头盯了他一眼，嗔怪地说：“谁让你像饿狼似得。”

“哦！我们都一年多没见了，我能不想你吗？”小伙子再次上了，从前面搂住了杰子。

“给我闪开！”杰子一把推开他，厉声道：“你能不能好好说话。”

小伙子一看她火了，叹口气坐在了床上。

“你还不知道在深圳找了多少个娘们呢？你那么骚我还不知道！”杰子骂道。

“嘿嘿！”小伙子笑了笑没说话。

“说，大勇，你这次来怎么不提前说一声？”杰子问道。

“我想给你个惊喜吗？这次做生意赚了一大笔，想潇洒一段时间再说！”大勇说道。

“那你给我存了多少？”杰子问。

“还是老习惯呗？你出国费用怎么也够了。”大勇笑着说道。

“好吧！你先休息，我先回学校上课了。”杰子说完想转身走，大勇一下子上了搂着杰子，“你，你——”杰子刚想说什么，大勇的口就上来了，堵住了杰子的嘴巴，一下子把杰子压在床上——

杰子拼命挣扎开，衣衫不整地爬起来。

大勇也很惊讶“我们又不是第一次了，你怎么这样？是不是有小白脸了？我找人干死他！”大勇眉毛立了起来，大声喊道。

“别瞎说，我晚上过来！”杰子一扭头，摔门而去。

大勇嘴角一歪，开开门，看着杰子扭动的丰满臀部走向了电梯，不由露出一阵坏笑。

回身从腰上取下手机，一下子跳到床上，狠狠压了几下。

杰子放学时让人捎话跟阿丽说要到红红那里去住，晚上不回来了。阿丽听了之后就笑了。“看来，和森子哥发展得蛮快的呀！”

杰子出了学校就跟大勇打了电话。

大勇下了楼，便一挥手，领着杰子进入了酒店饮食大厅。

“来，你想吃什么，尽管点！”大勇大手一扬。

“哼，我岂能放过你，好好宰你一顿！”杰子顺手点着狗肉锅，牛排，锅包肉——

“你这个家伙，离开你妈你是什么都吃呀！”大勇笑着说。

大勇要了一个包间，让服务生点了蜡烛。

大勇蛮懂浪漫的，给杰子点了红酒，而他则要了瓶白酒。

“我打算在这里陪你一个月！”大勇说道。

“啊！”杰子在喝着茶水，好悬一下子没喷出来。

“你不赚钱了！”杰子说。

“我这次生意赚得足够我活半辈子你信不？”大勇举起茶杯，喝了一口说。

“我信，要不你一次一个金项链把俺娘给买通了？”杰子盯着茶杯说道。

“对了，你出国，我也跟你去呗？”

“你？去给人擦皮鞋呀！”杰子讥笑着。

“我给你当保镖呀！”大勇转过来，靠着杰子坐着。

“算了吧你！好好当你的大老板吧！别影响我吃饭的心情！”

“呵呵，和你开玩笑！来，吃——”服务员上了花生米和小葱拌豆腐两道凉菜。

“你明天就抓紧回去吧！帮我照顾一下俺娘的店。否则我也不放心。”杰子说。

“你也太不仁义了，我刚来你就撵我走！别说了，我们喝酒！”大勇举起一杯白酒一饮而尽。

杰子心里很矛盾，她想出国没有钱，而大勇答应资助她，加上她娘的推波助澜，因此杰子就敷衍着跟他处对象。

那么这么做到底对不对得起森子呢？杰子倒是没多想，和大勇不过是逢场作戏而已。她内心里是爱着森子的。

学校这几天出了跳楼事件，导致学校要求学生会成员不准处对象之后，弄得学生会成员们谨小慎微，凡是有对象的都几乎开始了地下活动或者干脆相互越好保持距离。

杰子和森子自然也是，况且两个人本来已经都是学校的风云人物，几乎整个学校没有不认识两个人的。两人的关系自然也属于大家“茶余饭后”的花边新闻。因此两人约好没有什么太大的事情，相互轻易不再接触。等风头过了再说。

这些天森子长吁了一口气。想到这回能消停一下了。但是“好景不长”。这一天下课后，班级通讯员递给他一封来信，森子已接到手，心里暗叫不好，那封“阴魂不散”的信又出现了。

打开一看森子更是惊讶，这封信还是那个以前写恐吓信的人。这次的内容是说，他们的老大对校花王清杰是日思夜想，说经常喝大。并再次警告森子不准跟着杰子回家。否则要打折森子的腿。

森子想发火，但又狠狠地按捺住自己。

“班头大人。”梅子拍了森子肩膀一下。森子一下回过神。一看梅子正看着自己在笑。

“帮我看封信呗！”梅子说。

“好哇！有什么好消息还是帅哥给你写的？”森子笑着说。

“你看看再说。”梅子说我，把一封信塞到森子手里。

森子一看就明白了，是封情书。但没有署名，只说对梅子关注已久，想处个朋友。说自己是个五官端正、心术端坐、有追求、有涵养的男孩子。说今晚六点半在校门口等她。让她一定赏个脸，即便她看了没感觉也可以，以后就不会再有非分之想了。

森子看了觉得有意思，就逗梅子说：“又有帅哥了，送上门来的，抓紧拿下吧！”

“我接到的这种信有多少你还不知道，都是些无聊的家伙。”梅子小嘴一撇说。

“不过人家说的到很文明的。感觉这个男孩还可以。”

“可以你去呀！”

“呵呵！没准你又给人家弄跳楼了。”森子开玩笑说。

“跳呗！与我何干？”梅子凤眼一挑。

“有人追真是一种幸福呀。”

“别酸叽溜的啦！谁不知道你把校花搞定了。”

“你小点声。”

“嘻嘻，胆小鬼。”梅子坏笑。

“那你是不去跟人家见面了。”

“我要见面，天天都有，我累不累呀！不过还真有一个我们现在挺好的。最近出了点问题，这样，晚上我请你吃饭，跟你这个老前辈请教一下。”梅子说。

“好的。”

说到这儿，正好上课铃响起。

晚，校园门口小菜馆，单间里。

梅子点了糖醋里脊和一个辣炒土豆丝。又给森子要了一瓶啤酒。

“那个男孩是我老乡，哲学系的。他家很有钱，但是我不是看他家的钱。我觉得他很可靠。他说毕业后要带我去北京发展。北京他叔叔在，在教育局的。说工作没问题。”

“那关键是你是不是真正地了解他，喜欢他？”森子说。

“高中一个学校，就知道他学习很好。来这里在老乡会是认识的，对我很好。这几天他总找我，我没说啥，就当他是哥哥。但是他对我有那个意思。”

“那你什么态度？”

“我这不再考虑吗？不敢随便决定，这不才问你。”

“你们还是先要相互多了解一下再说。处对象，不单单是感觉的，还要看性格、爱好等等。”

“不愧是老手，就是专业呀！”梅子笑着说。

“都是从书上看到的，呵呵。”森子不好意思地说。

“对了，你和那个校花王清杰怎样了？”

“一般了。”森子啦唱腔说。

“不过我看你们够呛！”梅子说。

“怎么呢？”

“你看你大一时候和帆处的时候我就说不行了吧？青岛人都有钱，傲气，人家的生活方式、习惯跟咱都不一样。”梅子说。

“是啊，你说的真还贴边儿，我觉得相互的性格、思想、生活习惯、信仰都很重要，都要协调才行。”

“是啊！”梅子一脸坏笑。

“可能也是缘吧！”森子说。

“听说这个叫王清杰的很疯！”梅子说。

“怎么个疯法？”

“她不是比我们晚一届吗，听说刚来学校不久就处了好几个对象了。走马灯似的。听说她和社会上的人也经常来往，又经常出去唱歌跳舞的。”

“那是她以前，我也听说过。”

“不过大哥，这样的女孩你还是要注意点。太前卫，太乱套，有时候为了达到自己的目的甚至不择手段！”梅子提醒说。

“是啊，她是有点复杂。但是她对我非常用心，我们是真心的。真心是无价的。”

“也许是吧！咱俩我叫你大哥，所以我才说这些，要不我不想多嘴，不过还是要提醒你，她很复杂的，我一个老乡在一年前还跟他处过呢。结果没两个星期就给踹了。身边又换了一个。我一直想告诉你，怕打击你，但是话赶到这我就不得不说了。”梅子叹息一声。

“是的，她是很复杂，但是起码现在我觉得她对我是真心的。以前的事情毕竟都过去了。”

“看得出大哥对她也动真情了。”

“顺其自然吧！”森子说。

“好，那我就祝福你们。”梅子举起酒杯。

“也祝福你快些和那个男孩有结果。”森子也举起酒杯，相互碰了一下。

森子把梅子送到宿舍楼下，看看表，才七点半，就回到校门口给阿龙打了个传呼。他想让阿龙看一下今天接到的这封信，共同商量对策。阿龙很快回话，说正好要找森子。给宿舍打电话一直没人接。说小良来了。

为了速度快，森子回到宿舍楼下取了自行车，一路向阿龙家狂奔。五分钟左右便到了。他们正在喝酒。看森子来了，小良起身便和森子抱在一起，小良直叫：“可想死我啦！”小良还是小背头梳得逞烧，看来混的还行。阿龙让凤儿抓紧加双碗筷，倒上白酒。

“你怎么回来了？在那边混得不错吧？”森子夹了一口菜问小良。

“他现在是俺老爸的助理，当然不错啦！”阿龙竖起大拇指说道。

“嗯，反正是吃喝不愁了。”我这次是回来看看你们，也想找那伙人算账。

阿龙一听小良说这个，伸手掐了一下小良的大腿。示意他别声张。

“冤冤相报何时了？再说听说打你的那几个人也都进行了严厉警告。事都过去那么长时间了，算了吧！”森子安慰道。

“呵呵，闹着玩的，我是回来看你们的，现在砖厂也不能生产，我实际就是在那里看看场子。很清闲，就想着回来看看你们。不过听说有人恐吓你？”

“也没什么，就是接到几封信吓唬我。”森子边说边把今天接到的这封信从衣兜里掏了出来，递给小良。

“这个字怎么写得像没骨头似的？说元旦不让你跟杰子回家？”小良问道。

“唉？我看看。”阿龙一听好像顿悟了什么，马上把那封信从小良手里拿过来，看了几眼。

“我觉得有问题，这分明就是女人的笔迹。”阿龙说。

“不过也有可能那人怕暴露请女的写的。”森子说。

“我不是这个意思，我是说这个人——”阿龙没继续说下去，抬头问了森子一句，“青岛人就把喝酒喝多了叫喝大了。是不是？”

森子听阿龙这么一问，一拍脑门：“是杰子！”森子想到这里不由有些懵懂。

“你们别瞎说，哪能是杰子呢？”凤儿这时插嘴说道。

森子又仔细看了一下说：“笔迹还真像，杰子写字我见过，她的字有一笔我非常熟悉，就是横，她总是向回钩一下，这些果然是。她们青岛酒喝多了的确是叫喝大了。我记得前几次她经常这么说。因此这句‘我们老大喝大了’，也露出马脚。娘的，她这是啥意思？”森子有点懵。

“那这封信如果真是杰子写的，她的目的是不想领你到她家去。”阿龙说。

“那前几封呢？”当然是验证你是否对他真心啦。

“我应该是真心的，她应该验证出来了。但今天这封为什么又不让我到她家去？”

“反悔了呗？也许怕她家不同意。”凤儿说。

“那她为什么不直说？”森子握拳砸了一下桌子。

“说实话，森子，我一开始就看出来这个杰子非常有心计。我现在怀疑那些追踪你的人以前都可能是她安排的。要不然怎么都那么巧？其实都是在实验你。”

阿龙说道。

“那这样的女人也太可怕了。”小良说。

“如果都是真的，我马上和杰子分手，这对我简直是一种侮辱。”森子握起拳头，咬了咬牙说道。

“其实彼此之间的信任是很重要的。”小良说。

“就是，这个女孩子不简单啊！”阿龙说道。

“是的，她是很喜欢动些脑子的。”森子说。

“森子，你其实是很老实的，很儒雅。这样的女孩子你还真得堤防些。你的心眼可耍不过她。”阿龙说。

“我感觉她对我可以呀！”森子说。

“其实我调查过，听说她很势利，你看我们和她说话她都待答不理的，我看她是个很爱慕虚荣的家伙。现在你是学校的大名人，她跟你在一起有种胜利感。但是一毕业就不同了，她需要的是钱。我认识多少都是这样的。一遇到现实情况就再也不是当初的样子了。”阿龙说。

森子没有说话。

“也许没你们说的那么严重。”凤儿从旁边伸过脑袋说。

“你闭嘴！男人说话你少跟掺乎。”阿龙一瞪眼，凤儿一下缩了回去。

“她，你真的了解吗？”阿龙问森子。

“她很个性和倔强，是有些傲气，家里就老娘一人，有点钱。”森子说。

“我怀疑她跟你隐瞒了很多东西。又认识黑社会又有那么多花边新闻，反正这个女人很复杂。”阿龙已经用女人来称呼杰子了。

“要不，明天晚上我去吓唬吓唬她，问她对森子是不是真心的，还是在玩弄咱们哥们。”小良说。

“你别胡闹了，你这招不是更卑鄙，也容易被发现。”阿龙训斥了一句。

“这样吧，阿丽和杰子一直很亲密，估计她知道很多事情，我改天找阿丽了解一下。”森子说。

“那也好，反正小心点好。希望事情没有我们想的那么坏。”

几个人有闲扯了一会儿寒假的打算，便散了。小良不便泄漏行踪便在阿龙这里住下，说玩几天就回嫩江。

第二天下午，班级人都自选去听一个大学生如何创业的报告会，森子让梅子组织一下，便约了阿丽出去了。森子从导播老刘那里要了到播音室的钥匙，说和播音员阿丽进去试试音箱。

“这里比较安静和安全。”森子等阿丽进来便说道。

“怎么啦哥哥，啥意思呀？”阿丽声音甜甜地说。

“阿丽我要跟你聊聊杰子的事。”

“怎么了？你们不是很好吗？前两晚上她都没回宿舍，你还好意思跟我说呢！”阿丽低着头嘟哝着。

“什么？晚上她没回来住？”森子问。

“你别装了，她说你们晚上在一起——”阿丽抬头说。

“哦！没有哇！”森子一脸无辜。

“行了，你就别那个——”阿丽本来想说：你别装了，感觉不好，就没说。

“这个——”森子没说什么。“最近杰子有没有什么反常现象？”森子问。

“没有哇，怎么了你们？闹别扭了？”阿丽不解地问。

“没有，就是想了解一下。”

“什么事情直说吧，别神经兮兮的，怪吓人的。”阿丽歪着头看了一眼森子说道。

“你看——”森子边说边从兜里掏出接到的几封信，递给了阿丽。

“唉？这是怎么回事呀？这奇怪！”阿丽不解地问。

“你是我非常相信的好妹妹，不瞒你说，我怀疑是杰子在捣鬼。”森子表情严肃地说道。

“你怎么说是她呢？”阿丽愈加疑惑。

“你细看笔迹和语言特点。”森子提醒道。

“哦，真有点像杰子的字。尤其那一横，带钩，这个我还学过她呢！语气嘛也有点，对，尤其这个‘喝大了’就她说过，是她们青岛话。”阿丽越说越激动。

森子听了这些更是确认了此事。

“那你说实话，最近她有什么事没有？”森子盯着阿丽问道。

“这个、这个，哥哥，我还是告诉你吧！最近一直有个他家里的男人来找她。一直就在这儿住宾馆呢！”

“什么人？你怎么知道？”森子焦急地问道。

“是个大胖子，杰子说是他们那里的，在做电脑生意，很有钱，一直在追她。昨天晚上杰子跟我无意间说漏嘴了，我一再追问，她才说的。其实她不说我也发觉了，因为有同学说在酒店看到她和一个胖胖的男人在一起吃饭了。”

“嗯？你班级的同学怎么认识她？没看错吧？”森子实际上内心还是有些不太相信，因此才这么问。

“那天，正好我们班的崔晓红在那个酒店过生日，他们进去的时候，看到杰子和一个男人很亲热的样子，进了一个单独房间。你想，杰子那是学校校花级人物，有几个不认识的，社会上有很多人都认识她！”阿丽说道。

“那，那这个人怎么追到这里来了。”森子问。

“杰子说那人从初中开始就追她，后来在高中就不念了，就上深圳往青岛倒电脑，赚了很多钱。她妈很喜欢他，他还给杰子买金戒指和项链了呢。”阿丽嘴角一歪说道。

“什么？”森子听得瞪大眼睛，“那杰子啥意思？”

“杰子说这家伙很傻气，杰子是在利用他，让他帮她办理出国手续。”

“办理出国手续？”森子不解地问。

“是啊！最近她妈妈在催这个家伙帮杰子办理出国手续呢！加上杰子也一直有出国的梦想，杰子说就像利用他一下。说一旦出国就好了，还说——”阿丽说到这里突然挺住了。

“还说什么？别支支吾吾的，跟我你还这样！”森子急了。

“杰子还说，等她先到国外站稳脚跟，然后就把你也弄过去。”

“哈——”森子仰天发出爆破的一笑。

“听说杰子最近要办理退休手续，要准备出国了。”

“好啊！”森子说。

“杰子说如果顺利的化，过了年就可以了。去阿联酋，一个小石油国家，说那里很有钱。”

“我全明白了！”森子不仅咬了咬牙说道。

“你明白啥了？人家杰子说这么多追求者，她只喜欢你一个。说将来她出国了，过不多久就把你也带过去。”

“去她娘的吧！这么利用人，玩人，我才不相信她。”森子第一次开始说粗话。

“森子哥，我是不得已才告诉你这些，我可是跟杰子发过誓的，不告诉任何人，你得替我保密呀！”阿丽非常委屈地说。

“我终于明白了，她为什么又不让我跟她回家了。”森子摇着头说。

“不过她肯定不是坏心，是想让事情圆满点吧！”阿丽帮着打起圆场。

“真感谢妹妹告诉我这些，否则我还执迷不悟呢！”森子一甩自己的中分头说道。

“森子哥，你可别冲动，杰子就是心眼多了些。这不也是为了你们将来吗？”

“我不喜欢这样太有心计的女人！”森子又咬了咬牙。

“好了，就这样吧！咱也别在这里待时间太长。”

“那好，我先回宿舍了。”阿丽说。

“我也回宿舍。”森子边锁门边说。

森子直接到学校的小卖部买了一瓶北大荒酒，回到宿舍，两口便灌了下去。森子从来没这么喝过，钻到被子里翻滚了一会儿，便爬起来，哇哇大吐，吐得桌子、地下全是。随后向后一倒便不省人事。

曹小文和阿文回来一开门就被熏得直捂鼻子。再看森子的床头和被单上全是吐得东西。在桌子上倒着一个酒瓶子。阿文忙出去到盥洗间找来拖布，将地面拖了一下。曹小文则帮森子擦了擦被角。

阿文边忙边说着，森子估计是遇到什么事情了，以前从来没见到森子这样。这是怎么了呢？曹小文两个人猜测着，说可能是和杰子之间的事情。

“哇！情变！肯定是情变事件，看来学校又要有大新闻了！”曹小文神秘地说。

“你这个乌鸦嘴，别瞎说。”阿文训了曹小文一句。

当森子迷迷糊糊坐起来，屋子里已经满是阳光了，看了看手表，竟然十点多了。森子摸了摸头，感觉到很痛。要了咬舌头，舌尖上起了水泡，腮帮上也有水泡。森子一推被子，下床，端起桌子上的杯子喝了口水。起身端着洗脸盆去洗漱。

整个宿舍楼里非常安静，只听见森子在盥洗室传出的洗漱声。

森子急匆匆洗漱完毕，稍微整理了一下就去了班级。

幸好上午没课，大家在自习。森子一到，阿丽就传过来一个纸条说，事情严重了，杰子要出国了，可能这两天就要先回青岛啦！杰子让我先不告诉你。怎么办呀？

森子看着纸条，不由苦笑了一下。“也好，早点结束更好！”森子心里也在苦笑。

森子掏出笔在本子上漫无目的地乱画着。

下课时阿丽叫森子出去。边下楼边小声说：“杰子昨晚没回宿舍，早上才回来的。你知道就行了。”说完就极速跑下楼去。

森子叹息一声又摇了摇头。

早晨第一节课刚下课，杰子和红红挽着胳膊就向外走，在门口，杰子一下子愣住了。

原来大勇站在门口正对这她笑。

“你，你真恶人！怎么还不回青岛！”杰子歪头斜眼看着大勇。

“嘿嘿，告诉你一个好消息，我决定马上帮您办理出国。只要你这次跟我回去。”大勇说。

“你说啥呢！”杰子又斜了大勇一眼。

“妹子，我先出去一下。”杰子松开红红的胳膊，“走，我们出去。”杰子冲着大勇摆了一下手，便急匆匆下楼。

大勇在后面急忙跟上，边下楼杰子便怒气冲冲地说：“谁让你不回去？谁让你找到我们班级的？你真恶人！”

大勇就在后面笑。

出了校门口，又急匆匆走过一条街，杰子停了下来，转身看着大勇。

“别怪我，是你妈让我这么做的，我票都买了都退了，你妈让我这次必须把你带回去，家里都给你走好关系了，让你马上退学出国，如果这次机会你不把握，你妈说以后就不帮你办了。”大勇笑嘻嘻说。

“你骗人！”杰子气的脸蛋通红。

“好，让你妈跟你说吧！”大勇边说便把手机拨通了。

“给你，你妈——”大勇把手机递给了杰子。

“哎吗——”杰子忙接过电话，之后就非常乖地嗯、嗯、嗯——

能看出杰子对妈妈的尊重。

杰子挂了电话，“好吧！看来只能这样了！俺妈发火了，让我三天内回家，嗨！恭敬不如从命啊！不过我得好好安排一下。这样今晚上我要叫上几个要好的朋友聚聚，这事也太突然了，有一个男生，是我们学校的重量级人物——学生会宣传部长，介绍给你认识一下。”

“没问题，你想来什么档次的，我请！”大勇一拍胸脯。

“不是你请谁请，还跑了你了。”杰子斜了大勇一眼，“你先到宾馆乖乖待着，等我电话给你。”

“呵呵，好的！遵命！”大勇一拱拳头说。

杰子向学校走的时候还想，晚上让不让大勇跟着一起，因为她想叫着森子，好好跟森子解释一下，这事关键太突然了，但是一想到大勇和森子要见面，她又有些担心，“怎么办呢？万一大勇看出什么或者森子看出什么该怎么办？”杰子心理一直很矛盾。

“那就让大勇冒充一下我表哥吧，就是这次是帮我来拿东西的！对就这么办！”杰子边走边握了一下拳头。

中午放学，阿丽传给森子一个纸条，说刚才杰子让阿丽转告森子，晚上六点半在赵姐饭店等他。“嗯，是该做个了断了。”森子想。

晚上放学，杰子和红红挽着胳膊早在班级门口等着了，阿丽一看，忙跑过去叫森子。

“我还去吗？妹子你说。”森子坐在座位上抬头望着阿丽。

“走吧，凡事善始善终吗？再说杰子是爱你的。”阿丽扫了一眼门口向这里张望的红红小声说。

“哼——”森子摇了两下头苦笑了一下。

“走吧，你这个大男人，再说了，你可以竞争一下呀！”阿丽拽着森子的胳膊，把森子拽了起来。

阿丽和杰子、红红前面走着下了楼，森子跟在后面。

就是校门口赵姐那个饭店。进去之后，赵姐便热情地打着招呼，来了，你们的单间在 202 房间，赵姐向楼上一指。

大家嘻嘻哈哈向楼上走，杰子突然回头对大家说：“对了，我今天要介绍你认识一个新朋友，我们青岛来的俺表哥。”

“嗯！我知道。”森子登楼梯仰着头说。

“你怎么知道？”杰子很是奇怪。

“我知道的事情多着了。”森子说。

“唉？你今天有点奇怪。”杰子很不解地说道。

边说着，几个人已经进了单间。森子一进去，就看到一个人坐在里面，一看杰子她们进来了，忙起身。这个人大胖脸，身材很魁梧，脖子上戴着黄灿灿的金链子。

“此人一看就是暴发户那种。很俗气。”森子心里想到。

“来，我给你们介绍一下，这个是森子，我们校的大名人，学生会宣传部长。”杰子先把森子介绍给那个人。

“这是俺哥哥，叫大勇。”杰子指着那个人说。

这时大勇向森子伸出手，森子也伸手，相互握了一下。

大勇一坐下就说，总听杰子提起过你。

森子微笑没说什么。

“来，我给你们倒酒。”杰子说。

倒完酒，杰子举起杯说：“今天我要宣布个好消息，我就要出国了！我们得要庆祝一下。”

“来祝贺一下。”大勇起身和杰子碰了一下，一仰脖喝了下去。

阿丽和红红也站起，碰杯，但是都很惊讶：“你，你这也太突然了，你这个家伙太不够意思了。”红红很不高兴地说。

“这不，表哥带着老妈的圣旨来的，要我三天内必须办理完毕返回去呢！”杰子说。

“那你毕业证也不要了？”阿丽问。

“有钱什么证都能弄到手！”大勇在旁边说。

“呵呵，证对我说不重要了，重要的是马上就能出国了。”杰子兴奋地说。

“嗯，是值得庆贺。”森子说完也举杯喝了一口。

“你慢点喝，别喝大了。”杰子对森子说道。

当森子听到杰子说“喝大了”这三个字的时候，想到那封恐吓信里的“喝大了”三个字，心里一阵酸楚。

“森子，我能出国都是大勇哥哥帮的忙，我们一起敬大勇哥哥一杯吧！”杰子举杯，肩膀向森子身上碰了一下说。

“好！应该。”森子说完，起身端起酒杯。

“应该的，这不是你多少年的愿望吗？你妈妈在家替你高兴呢，让你快回家办理。”大勇说道。

“嗯！森子，我这两天就要回青岛，准备一下了。”

“那你真不想继续念书了？”森子问。

“还念什么书？我是以表哥他们公司职员外出深造为理由办的。文凭没用。”杰子说。

菜陆续上来了。什么炖狗肉、锅包肉、杀猪菜，摆了一大桌子。

“来大家吃，不够咱再点。”大勇说。

“就是，你有钱，不宰你宰谁？”杰子说。

“快告诉我，你去哪个国家呀？带我一份呗？”红红满脸兴奋地说。

杰子说：“那个国家叫作阿联酋。是个很热的国家，很富有，产石油。那里工作一两年就会赚三十来万。”杰子满脸的兴奋。

“好！祝贺！”红红站起来和杰子又碰了一杯。

在杰子和阿丽、红红相拥着去楼下洗手间的当儿，大勇举起杯子对森子说：“我看得出来，你和杰子很好呀！”

“哪里，都是学生会的而已！”森子笑了笑。

“是吗？不过你知道杰子是非常现实的，没有钱是养不起她的。”大勇一口干掉之后向身后的椅子重重地靠了过去说。

森子不傻，能听出画外音，于是说“嗯！是的，不过杰子命好，总是有人帮助！”

“哈哈，你还蛮有眼光，不错，看出来了，这次出国，我给她花了十多万办成的。哈哈哈哈哈哈——”大勇再次靠在椅子上大笑起来。

森子一听就明白了，只是微笑没说什么。

“不瞒你说，我这次来是接她回去，我们先订婚，之后送她出国。”大勇说。

“你们都商量好了？”森子问道。

“差不多啦吧！”大勇说。

森子举杯说，“我祝福你们。”

“你们聊什么呢？”杰子返回来了，从桌子上拿起一块餐巾纸边擦手边问道。

“没说什么。”森子说到。

这晚兴奋的杰子的话题基本都是出国。

吃完饭，走出饭店，杰子就跟大勇说，让他自己回旅馆。她要跟大家伙走走。

大勇和森子握手，大勇顺势贴在森子耳朵旁吹着酒气说：“咱们后会有期。”

森子微笑不语。

大勇一挥手，打个的士走了。

“他刚才跟你说什么？”杰子问。

“没说什么。”森子摇头说。

“你们聊，我们俩先走了。”红红和阿丽挽着手闪了。

“对了，我这次回青岛，很快就出国，一共去四年，两年回来一次。你一定要等我。”杰子说。

“我等你？”森子看着杰子问道。

“是呀！我在外多赚钱，回来我们两个好安家、干事业呀！或者我们都到国外去。”杰子的目光里充满憧憬。

“我好像没这个福气了。”森子似笑非笑地说。

“你啥意思？怎么说这话。是不是大勇跟你说什么了？我们之间没什么事。”杰子说。

“呵呵，你们之间的事是你们之间的事情，反正我知道自己的斤两。说实话，我替你高兴。大勇很爱你，也有让你幸福的资本，我就是个穷小子。”森子说。

“你说什么呢？我啥时候嫌你穷啦？”杰子有些焦急地说。

“不说了，总之我祝福你。”森子说。

“你这人怎么这样？你看大勇那个素质，我能看上他？”杰子说。

“我有急事去阿龙那里，我先送你回宿舍吧！”森子说。

“我看你今天有毛病。”杰子歪头看着森子说。

“呵呵，我是有点毛病。走，我送你回宿舍。”森子说。

“不！我自己走，不用你送。”杰子说完，一甩袖子，转身就走了。

森子站在那里看着她的身影逐渐走进学校大门，叹息一声笑了笑，自言自语地说：“你这次该完美收场了！真是一场闹剧！”

第二天一整天森子都很消沉。心里感觉特堵得慌。口里满是水泡，杰子也没有找森子联系。

当晚放学，阿丽在走廊里撵上森子，悄声告诉森子："杰子要走了，明天上午九点的火车。"森子听了，微微一笑，说："知道了。"

杰子走的消息在她们班级和学校自然引起轩然大波。

当晚，她们的班主任、班级的很多同学都到宿舍去看她。班主任甚至想再次挽留，让她将学业完成。但是杰子很坚决。

同学们有的给买的水果、有的送了支金笔，男男女女排坐在床边上，挤了一大屋，她曾在班级里训过的书记圆圆紧紧抱着杰子，说真是舍不得。杰子的眼圈也红红的。一个男生说看到气氛沉闷便调侃道："你这个校花走了，是全校的损失呀，是所有男生们的痛呀！"大家到此才露出些笑意。

大家的笑声刚落，便有人敲门，杰子忙起身过去开门，是红红，原来红红是出去给杰子去订做衣服去了，拎着一个大包装袋。

杰子把红红迎进来，大家重又坐下。杰子眼圈发红，表情黯淡。其实她今晚只想等一个人——森子。但是陆续来的都不是。

看看已经二十一点多了，她们的班主任老太扶了扶眼镜说："时间不早了，咱们别影响杰子休息，她明天还要赶火车。都回去吧！"

阿丽和杰子起来送大家。

大家依依惜别，阿丽和杰子一直把大家送到楼下。上楼时阿丽也看出杰子的不快。“森子哥怎么没来呢？”但是阿丽也没敢问。

当晚，杰子写了一封长信给森子。

第二天在上车前，杰子还期盼着森子的出现，但是最终森子也没有露面。在大勇催了三次之后，杰子才很暗然地和阿丽、红红拥抱告别。

之后杰子把作为写的信（折叠成心形）给了阿丽，说交给森子。

“这个大混蛋，他怎么也不来送你，看我回去怎么收拾他。”红红杏眼圆睁、握了握秀拳喊道。

“别！你不懂。”杰子最后说了一句，转身上车了。

阿丽回来后，在班级里将信给了森子。

信里说森子是杰子认识的最优秀最有追求的男孩，杰子是第一次动真情，但是究竟怎么了？杰子不知道森子为何会突然变了，让杰子无所适从。杰子说昨晚来了许多人送她，但是她只想等一个人，但是这个人没有出现。她非常伤心，她是真心的，甚至为了森子她和母亲都吵了好几架。她说也许森子在误解她和大勇，但是她不过是在利用他，利用他好能出国赚钱，有了钱就可以实现自己的理想，说她真正爱的是森子。说她不会放弃的……

杰子回去后的一星期后，连续几个晚上都给森子宿舍打电话。森子有交代，谁都不能接……

森子的生活恢复了平静，但是本来瘦削的脸上，又增些惨白，脸上的青春痘无形增多。这几天想到和杰子的事情，弄得他口舌生疮。

那天晚上，森子叫阿龙喝酒，阿龙说也可能杰子是真心爱森子的，说也许森子错怪了杰子，杰子实际上是个很厉害的女人，她可以为了自己的爱甚至“不择手段”。而森子说他杰子不是一路人，森子说宁愿这次是错怪了杰子——

晚上睡着睡着，森子便呼地坐起，仿佛置身于一片旷野。森子是个很用情的人，虽然杰子是他先决定分手的，但是他还是觉得失去了一些什么。

“我想我会在很长一段时间内都不会再理会情感的事情啦！”

森子班级的女生们是很敏感的，尤其对森子的情感变化。

她们知道杰子辍学走了，看到森子的神情黯然。一开始都纷纷猜测，包括梅子都很迷糊。后来森子告诉她说和杰分开了。

这个消息不胫而走。全校的又开始流传有关森子和杰子的花边新闻。

这天，森子接到了班级学习委员递来的一封信。

她叫蒙蒙，来自内蒙古，是个非常淑女、非常安稳和成熟的女孩子，长得胖乎乎的，有些可爱。

记得刚入学的时候，森子经常和她及还有几个来自内蒙古的同学在一起玩。可能是为了学习方便，蒙蒙和同学在校外租的房子，自己能做饭。一个星期天，他们到蒙蒙那里玩。蒙蒙特意给大家做了一顿非常有地方特色的饭——吃蒸面。就是把面条放在帘子上蒸出来吃，这是她们内蒙古的特色。

那一段他们在一起玩得非常好，森子很喜欢了解地方特色，跟他们学会了吃醋，内蒙古那里自己家里都会酿醋，让森子打开眼界。后来森子加入学生会，事情多就逐渐和他们接触少了。

从那时起，蒙蒙就很注意森子了。但是蒙蒙只是在默默地关心着。每次看到森子身边有了新的女孩子，她都很难过。但是她一直坚信森子迟早会发现她。那些女孩子都太不稳定了，而她一直坚信自己的沉稳。她在信里说，她一直在关注森子，也知道森子历经了好几次情感的遭遇，她说，她一直在注意着森子，很替森子担心，有些女孩子确实是不太可靠的，因此说选择很重要。她最后委婉表达了对森子的爱慕。说她愿意为将来的老公付出一切，愿意在他劳累的时候送上一份温馨和安慰，愿意过非常平稳、安宁的生活。并问森子是否有时间出来走走，作为背后一个一直默默关心他的朋友，这个要求不过分吧？

森子看了很感动，他早有感觉，看出这个女孩子一直在用眼神在关心他。但是他觉得两人性格方面还是不太合适的。森子其实喜欢比较活泼一点的、灵气十足的女孩子。因此他一直在注意保持这种距离。

第二天正好是个星期天，森子回了信说第二天 9：00 在龙河公园门口见面。

当蒙蒙接到森子的回信的时候，很是兴奋，“也许、也许，他能接受我。”

第二天森子到的时候，蒙蒙早在了。蒙蒙一看森子过来了脸就红了。

森子说：“非常感谢你的关心。”

“其实没什么，我一直在把你当成最好的朋友的。”蒙蒙抬头，微笑着说道。

“我很抱歉，呵呵。”

蒙蒙知道森子说抱歉的意思，说：“我很理解你，知道你事情多。”

“我从今天起轻易不会再谈感情了。”森子叹息一声说道。

蒙蒙听到森子说的这就话似乎明白了一些什么。低下头没言语。

“还有半年多就毕业了，你有什么打算？”蒙蒙问。

“我要回山东老家闯荡。”森子说。

“我准备留校，我喜欢这种氛围。”蒙蒙说。

“嗯，你还是比较适合的。而我想介入一下这个商业社会。”森子说。

“嗯，你将来想从商？”蒙蒙问。

“是的，我想赚钱，我们家里一直很穷。”

“想赚钱也得想好做什么呀！”

“嗯，我想成立一家广告公司。前一段我和方桦还尝试到人才市场去了呢，发现现在的广告行业很时兴，招做文案的。我俩都被看中，但是没去。”

“那是呀，你们俩都是超级笔杆子，肯定没问题。”

“我想先到广告个公司做，学东西，之后自己做。”

“那我先祝福你。你现在就应该多了解一下商业的东西了。”

“呵呵，我将来广告公司的名字都起好了，叫作纵横广告。”

“很大气的名字。”

两人边走边聊，森子也提到了和帆及杰子的分手的原因。可能是缘分。也是相互性格、习惯等使然。蒙蒙非常认可这个观点。最后两人答应相互做一辈子最好的朋友。

接下来的一段时间，森子从图书馆借了很多书，那一段时间，《红顶商人胡雪岩》《卡耐基成功之道》等他都认真研读着。

放寒假了，森子回到了山东老家，这个年，森子基本上都是在整理自己的这三年多的大学生活。森子一下子似乎成熟了许多。

过了年，开学一个月之后，阿丽告诉森子，杰子出国了。在出国前，杰子和大勇订婚了。在订婚的前夜杰子给阿丽打了一个半小时的电话，杰子在那边痛哭流涕。说她恨森子。

对这些，森子都微微一笑……

“我三年内不会再考虑爱情啦！”森子发誓！

那个叫作赵燕的，森子跟她摆事实、讲道理，和她最终做了好“哥们”。

寒假过后，阿龙带回一个坏消息。他和凤儿分手了。原因是凤儿在家里是独苗，凤儿家里强烈要求阿龙毕业后要去大庆，做上门女婿。但阿龙是他父亲最喜欢的接班人，他家里有公司、有工厂，需要阿龙的加盟。阿龙还是向老父向整个家族向整个家业妥协了。

阿龙回来后人变得非常消沉。

森子和阿龙在宿舍楼相互紧紧拥抱，返校的第一天晚上哥两个就喝得酩酊大醉——

后记

HOUJI

毕业后，森子为了离山东日照老家近，还是选择来到大青岛创业。

开始几年混得并不理想，做直销，做策划，做装饰公司，也做过自由撰稿人，收入微薄。森子事业真正步入轨道算是十年后了，开始和人合作办课外辅导班。有了可观的收入。逐步在青岛有了家庭，买了房子，这算是扎下了根。

这期间，通过QQ和大学同学有过联系。和帆通过电话，和阿丽、梅子都有联系，唯独没有杰的消息。当然，森子也没有太刻意去打听。也许杰还在国外，也许也在青岛，也许嫁到了别处。

总之，杰在森子的世界彻底消失了。

某一天夜里，森子刚进入163信箱。一个邮件标题让他一愣：是你吗？是大海吗？

森子很好奇地点开。

首先祝贺你大作家，你终于实现了你的作家梦！也知道你现在把事业做得风生水起——

网上一搜都是你，百度百科里也有你的大名！

继续搜，就进入了你的博客。

我是从你的新浪博客里看到你的邮箱的，不用问我是谁，这么多年过去了，我一直记得你。

当然更感谢你。

那一年，当我在沙滩上蹲下身去，当我抓起一把沙子，使劲握住——我终于明白，生活、情感就是一把流沙。

而此刻，我知道我站在大海边，是海风告诉我这个道理，或者说就是你告诉我这个道理。

我想说的是，当我不再用力去握，让一切顺其自然，当我放开了手之后，我真正拥有了自己的幸福生活。

感谢你，大海！

祝福你，大海！

不用问我是谁，就此别过——

森子读完，愣了，是杰还是帆抑或是其他人？

森子内心一阵酸楚，之后微笑，眼角继而湿润起来——